KB053031

보잘것없다 여길지라도

여전히 넌 빛나고 있어

김태환 지음

siso

보잘것없다 여길지라도 ──

── 여전히 넌 빛나고 있어

태환 지음

siso

책을 쓰면서 과거를 돌이켜 보니 문득 이런 생각이 들었습니다.

'짧은 인생이었지만 생각보다 참 많은 일이 있었구나. 때로는 죽고 싶을 만큼 힘들었던 날도 있었고, 가끔은 견디기 힘들어 삶을 포기하고 싶던 순간 있었지만, 어느새 그 시간은 전부 지나갔고 지금은 참 행복하게 살고 있구나.'

어쩌면 인생이란 게 그런 것 같습니다. 현재 내게 처한 환경이 슬프고 힘들 땐 이 삶이 계속될 것 같다는 생각에 지치고 힘들지만, 막상 시간이 흐르고 돌이켜보면 그런 삶들은 전부 지나갔고 또다시 웃으며 살아갈 수 있는 것이라고 말입니다. 그래서 삶을 어떻게 바라보고 대하는지가 매우 중요한 것 같습니다. 현재 삶이 힘들더라도, 슬프더라도 그 삶이 영원하지 않을 거라는 믿음, 현재 삶이 좋지 않더라도 분명히 행복해질 거라는 희망, 이런 긍정적인 마음가짐이 우리의 삶에 큰 변화를 가져다주기 때문입니다.

어릴 때의 제 인생은 하루하루가 죽고 싶을 만큼 고통스럽고 힘들었습니다. 누구나 인생의 상처와 아픔 하나쯤은 품고 산다지만, 스스로 생각했을 때 제가 겪는 상황이 이 세상에서 가장 큰 아픔인 것 같았습니다. 하지만 이제 와 돌이켜보니 다 제 마음의 성장을 위해 겪지 않으면 안 될 일들이었다는 생각이 듭니다. 그리고 그 경험으로 인해 다른 사람들의 아픔과 상처에도 진심으로 공감하고 토닥일 수 있게 되었습니다.

사실 제 이야기를 하나하나 기억해내 엮어서 책으로 만드는 게 생각보다 어렵고 힘들어서 포기하고 싶던 순간도 있었지만, 누군가에게 위로가 되고 싶다는 마음으로 다시 책상 앞에 앉았습니다. 지금의 상황이 죽기보다 싫은 그 누군가에게 지나고 나면 다 자양분이 되니, 그렇게 좌절하고만 있지 말라고, 결국 당신은 잘될 거고 당신의 길이 열릴 거라고 말해주고 싶었습니다.

지금 제 글을 읽는 당신은 2년 전, 제가 간절하게 만나고 싶었던 사람입니다. 책을 쓰는 동안 당신을 위로하고 싶다는 마음 하나만 가지고 꾸준히 글을 써 내려갔고 결국 이렇게 당신을 만나게 되었습니다. 이제는 따뜻하게 안아주고 싶습니다. 삶 때문에, 사람 때문에 지치고 힘든 저 자신과 당신의 마음을요.

목차

검은 늑대와 엄마의 슬픔

"어휴, 내가 너랑 결혼한 게 잘못이지. 왜 너랑 결혼해서 지금 이 모양 이 꼴로 살고 있는 건지!"

"누가 나랑 결혼하랬어? 니가 결혼하고 싶어서 결혼한 거잖아! 그렇게 후회되면 지금이라도 이혼해. 당장 이혼해 줄게!"

"니가 그렇게 말하면 내가 못할 줄 알아? 그래! 하자 이혼! 그까짓 거 그냥 하면 될 거 아니야!"

오늘도 어김없이 반복되는 아빠 엄마의 부부싸움. 그걸 옆에서 바라보고 있노라면 숨이 턱 막힌 것처럼 몹시 불안하고 답답했다. 지금이라도 싸우고 있는 두 사람에게 달려가서 그만 좀 하라고, 제발 부탁이니까 그만하라고 소리치면서 울고 싶지만, 나는 그저 방 한쪽 모퉁이에 조용히 쭈그리고 앉아 귀를 막고 이 상황이 빨리 끝나길 기도하며 숨죽이고만 있다.

아빠가 집을 나갔다. 아마 조금만 늦었다면 내가 먼저 달려나가서 그만 좀 하라고 아빠를 때렸을지도 모른다. 하지만 아빠가 운이 좋게도 제 발로 뛰쳐나가는 바람에 패륜아가 되지 않아서 천만다행이다. 아빠가 나가자마자 엄마는 깨진 유리 접시 사이에 주저앉아 길을 잃고 한참을 헤매다 방황하며 우는 소녀처럼 흐느끼고 있었다. 그런 엄마를 옆에서 보고 있자니 마음이 아팠다. 하지만 내가 엄마를 위해 해줄 수 있는 건 아무것도 없었다. 아니, 내가 이 상황에서 엄마에게 어떤 걸 해준다 해도 엄마의 울음은 멈추지 않을 것이다. 그걸 잘 알기에 나는 그저 주인이 안쓰러워 손을 핥는 강아지처럼 엄마 옆으로 살며시 다가가 말없이 손을 꼭 잡아주었다.

정확히 언제부터인지는 모르겠지만 엄마, 아빠는 만나

기만 하면 싸우고 어느새 그게 우리 가족에겐 일상이 되어 버렸다. 주말만 되면 아침 일찍부터 일어나 미리 사 놓은 아주 예쁜 도시락통에 형형색색 맛있는 김밥을 싸서 여름에는 무더운 더위로 지친 마음을 달랠 수 있는 시원한 바다나 계곡으로 놀러가고, 가을이면 산으로 들로 소풍을 가는 다른 가족들과는 달리, 우리 가족은 항상 서로 만나면 마치 빌려준 돈을 오랫동안 갚지 않은 원수처럼 서로를 못 잡아먹어 죽일 듯이 싸웠다. 그렇게 엄마, 아빠가 싸우기 시작하면 나는 매번 조용히 방으로 들어가 귀를 막고 상황이 얼른 끝나길 기도하곤 했다.

사실 처음 엄마, 아빠가 싸우는 걸 목격했을 때는 정말 무서워서 움직이지도 못하고 바지에 오줌을 지릴 정도로 벌벌 떨며 정신적으로 꽤 큰 충격을 받았다. 이제는 어느 정도 익숙해진 듯했다. 이 상황에 적응하고 익숙해지는 게 맞는지 모르겠지만 어찌됐든 낯설지가 않다.

엄마가 어느 정도 진정이 되었는지 울음을 그쳤다. 그러고는 일어서서 깨진 접시 조각을 줍기 시작했다. 혹여나 깨진 유리 조각에 손가락이 다치진 않을까 걱정이 되어 나도 최대한 빠르게 움직이면서 천천히 그리고 조심히 깨진 유리 조각을 주워 검은 비닐봉지에 담았다. 몇 분 동안 열심히 주워 담고 있는데 갑자기 엄마가 또 울기 시작했다. 등지고 서 있어서 엄마의 얼굴이 보이진 않았지만, 엄마의 어깨가 위아래로 왔다갔다하면서 훌쩍거리는 걸로 보아 엄마가 울고 있는 게 확실했다.

엄마가 그렇게 울어도 내가 해줄 수 있는 건 없었다. 그저 시간이 빠르게 흘러 엄마의 울음이 그치길 기다릴 뿐이다. 엄마는 예전에도 그랬고 며칠 전에도 그랬으니까. 엄마가 울음을 그쳤다. 그리고 우리는 다시 깨진 접시 조각들로 어지럽혀져 있는 집을 깨끗이 정리했다. 뒷정리를 끝내자마자 어느덧 저녁 먹을 시간이 되었다. 밖을 보니 해도 이미 오래전에 지고 하늘도 캄캄해져 있었다. 엄마는 냉장고에 있는 반찬 몇 개를 대충 꺼내 식탁에 두고는 프라이팬을 가스레인지에 올려놓고 불을 켠 다음 달걀을 툭 쳐서 깨뜨렸다. 탱글탱글하고 푸딩처럼 먹음직스럽게 생긴 달걀 노른자를 숟가락으로 푹 찔러 완숙으로 만든 다음 접시에 담아 식탁에 두었다.

"밥 먹자."

아빠와 싸운 뒤 엄마의 첫마디였다. 나는 순간 엄마의 말이 매우 반가웠고 엄마의 말을 잘 듣는 착한 아들이라는 것을 보여주고 싶어서 재빠르게 숟가락을 들고 밥 한 숟가락 크게 뜬 다음 입으로 밥을 밀어넣었다. 그리고 엄마가 만든 달걀 프라이를 밥그릇에 옮겨온 뒤 허겁지겁 먹었다. 사실 아까부터 계속 긴장하고 있었다가 긴장이 풀린 지 얼마 안 된 상태였기에 많이 허기져 있었다. 눈 깜짝할 새 밥 한 그릇을 다 해치웠다.

그렇게 밥을 다 먹고 나자 엄마의 밥그릇이 눈에 들어왔다. 밥을 한 그릇 텅 비운 나와는 다르게 엄마는 배가 고프지 않았는지 밥을 한 숟가락도 입에 대지 않았다. 근데 참 이상한 건 나는 내가 밥을 먹는 동안 엄마가 밥을 먹지 않고 있다는 걸 전혀 몰랐다는 거다. 아마도 배가 참 많이 고팠나 보다.

엄마는 내가 밥을 다 먹자마자 식탁에 있는 그릇들을 대충 설거지하고는 부엌 불을 끄고 방으로 들어가 문을 걸어 잠갔다. 잠깐의 정적이 흐르고, 아무런 소리가 들리지 않더니 이내 소리 내어 엉엉 울기 시작했다. 엄마의 울음은 마치 장례식장에서나 들을 법한 소리였다. 엄마는 사랑하는 사람을 떠나보내고 세상을 다 잃은 것처럼 하염없이 소리 내어 크게 울었다.

엄마의 우는 소리를 가만히 듣고 있자니 나도 모르게 눈물이 났다. 그리고 나도 엄마가 울고 있는 방문 앞에 주저앉아 눈물을 흘리기 시작했다. 하지만 소리는 내지 않았다. 그저 눈물만이 내 얼굴을 따라 흘러내릴 뿐이었다. 나는 엄마의 슬픔에 방해가 되는 존재가 되고 싶지 않았다.

행복은 도대체 무엇일까?

과연 행복이라는 게 실제로 존재할까?

행복이 존재한다면 도대체 어떤 모습일까?

먹으면 입 안에서 사르르 녹는 아이스크림과 같을까?

밤하늘을 아름답게 비추는 별처럼 반짝이는 그런 모습일까?

듣고 있으면 마음이 평안해지고 차분해지는 아름다운 노래와 같을까?

왜 나는 이런 불행한 가정에서 태어나서 원치도 않는 고통과 슬픔을 겪으며 살아야 하고 남들과는 다르게 불행하게 살아야 하는 걸까?

만약 정말로 행복이 존재한다면 나도 행복해지고 싶었다. 누가 나에게 행복을 준다면 무엇이든지 다 할 테니 나도 행복해지고 싶다는 생각을 했다.

불행한 존재

어디선가 고요한 바람이 살랑살랑 불어왔다. 소나무 향은 내 코를 달달하게 만들고 따사로운 햇볕은 내 몸을 포근하게 감싸고 있었다. 저 멀리서 엄마의 목소리가 나긋하게 들려온다.

"태환아, 얼른 와서 이거 먹어봐. 자, 아~ 해야지. 어때 맛있지?"

"우와, 이거 정말 맛있어요. 엄마가 직접 만든 거예요?"

"그럼 당연하지! 엄마가 너 주려고 아침 일찍부터 일어나서 만든 거야!"

"와, 역시 우리 엄마 음식 솜씨는 대단하다니까. 우리 엄마 최고!"

간밤에 꿈을 꿨다. 그것도 아주 아주 행복한 꿈. 천국에 한 번도 가본 적이 없지만 어렸을 때부터 교회를 다녔기에 천국은 걱정 근심이 없고 슬픔과 불행도 없는 행복만이 존재하는 곳이라는 것쯤은 잘 알고 있었다. 꿈을 꾸는 동안에는 마치 천국에 있는 것처럼 참 평안했고 그만큼 꿈속에서 아무런 걱정 근심 없이 하늘을 날아다닐 것처럼 몸과 마음이 가벼웠다.

하지만 꿈에서 깨자 편안하고 행복했던 마음들은 온데간데없이 싹 사라졌다. 차갑고 싸늘한 기운은 내가 잠에서 깨기만을 기다리고 있었다는 듯이 빠르게 내 몸을 쇠사슬처럼 휘감았다. 우울한 마음을 억지로 떨쳐내며 학교 갈 준비를 하기 위해 화장실로 들어가 거울을 보았는데 내 삶은 마치 사랑을 충분히 받지 못해서 말라 비틀어져 버린 꽃과 같다는 걸 알려주기라도 하는 듯 얼굴엔 흐르던 눈물 자국이 바싹 말라붙은 채 그대로 있었다. 그걸 보고 있자니 또다시 외로움이 밀려오려던 찰나에 화장실 너머로 엄마의 목소리가 들려왔다.

"얼른 와서 밥 먹어. 학교 늦겠다."

순간 엄마의 목소리가 들리자 번뜩 정신이 들었고 대충 얼굴에 물만 끼얹고 나와서 식탁에 앉았다. 식탁에 앉자 제일 먼저 엄마의 얼굴이 눈에 들어왔다. 나는 엄마가 최대한 부끄럽지 않게 눈동자만 살짝 치켜들어서 조심스럽게 엄마의 얼굴을 보았고 엄마는 어젯밤 통곡하면서 울던 여자 치고는 꽤 괜찮은 표정이었으나 엄마의 눈은 어제 엄마에게 있었던 일을 다 고백하려는 것처럼 풍선 같이 띵띵 부어있었다.

어찌됐든 엄마가 어제보다는 한결 나아진 것 같아서 마음이 놓였다. 그나저나 바로 출발하지 않으면 학교에 늦기 때문에 나는 엄마가 만들어놓은 바나나 쉐이크를 한입에 후루룩 마신 후 자리에서 일어나 가방 한쪽 끈을 어깨에 들쳐 메고 인사를 했다.

"학교 다녀오겠습니다."

"그래, 잘 다녀와. 수업 잘 듣고. 수업시간에 자지 말고."

"네, 알겠어요."

오늘은 조금 늦게 일어나서 준비했으므로 빨리 가지 않으면 지각이라 집을 나서자마자 걸음을 재촉하며 빠르게 걷고 있는데 뒤에서 누가 내 이름을 크게 불렀다.

"야, 태환아 같이 가!"

뒤를 돌아보자 희웅이가 저 멀리서 손을 흔들며 빠르게 걸어오고 있었다. 희웅이는 뛰다시피 걸으면서 내 앞에 도착했고 헥헥거리면서 말했다.

"아니, 걸음이 왜 이리 빨라. 하여간 맨날 그렇게 빨리 간다니까. 좀 천천히 가면 누가 잡아가냐?"

"뭐래, 니 걸음이 느린 거겠지."

희웅이를 간단히 소개하자면 희웅이는 작년에 우리 동네로 이사 왔는데 이사 온 뒤로 나랑 친해져 같이 어울려 놀면서 둘도 없는 친한 친구 사이가 되었다. 하지만 우리는 비슷한 점이 그리 많지는 않았다. 희웅이는 일단 적극적인 나와는 다르게 순둥순둥하고 우유부단한 성격을 가졌고, 희웅이네 가족은 우리 가족과는 다르게 부모님이 결혼한 지 10년이 지났지만 아직도 신혼부부마냥 서로가 없으면 죽고 못 사신다고 했다.

한번은 희웅이네 집에서 저녁 늦게까지 논 적이 있었는데 희웅이네 아버지가 퇴근하고 돌아오셨고 현관문 도어락 여는 소리가 들리자 희웅이네 어머니는 하던 일을 멈추고는 후다닥 문 앞으로 가서서 들어오시는 아버지를 마중하셨다. 그리고 아버지에게 잘 다녀왔냐는 상냥한 인사와 함께 아버지 입술에 입맞춤하는 걸 얼떨결에 본 적이 있었다. 그때 희웅이는 친구 앞에서 부끄럽게 뭐 하는 거냐고 부모님에게 짜증을 냈지만, 이상하게 나는 그들의 다정한 모습이 전혀 낯간지럽지 않고 오히려 부러워서 아직도 내 머릿속에서 잊혀지지 않는다.

　그만큼 희웅이는 가정적인 집안에서 자라서 그런지 애교도 많고 웃음도 많았다. 희웅이가 처음 전학 왔을 때도 그랬다. 희웅이는 전학 온 첫날에도 생글생글 웃으며 나에게 참 따뜻하게 대해주었고 우리는 그날 이후로 절친한 사이가 되었다.

　희웅이가 숨을 다 고르고는 내게 물었다.

　"아니거든? 야, 그나저나 주말에 뭐 했어? 와, 나는 이번 주말에 진짜 최고로 좋았다? 왠지 알아?"

아침부터 우울해서 그런지 사실 딱히 물어보고 싶은 기분은 아니었는데 그 상황에서 묻지 않으면 서로 어색한 사이가 될 게 뻔하니까 나는 답이 정해져 있는 질문에 대답했다.

"왜? 뭐 했는데?"

그러자 희웅이가 기다렸다는 듯이 대답했다.

"있잖아, 나 이번 주말에 어디 갔다 왔는지 알아? 나 엄마, 아빠랑 롯데월드 다녀왔다!"

희웅이의 한마디에 순간 나도 모르게 가슴이 움츠러들었다. 하지만 희웅이는 뒤집어지는 내 속을 전혀 모르겠다는 말투로 계속 말했다.

"대박이지! 진짜 최고로 좋았어! 아니, 근데 처음에 딱 도착해서 입구로 들어갔는데 눈을 어디다 둬야 할지 모를 만큼 놀이기구가 어마무시하게 많은 거야! 그래서 도대체 뭘 타야 될지 모르겠더라고. 그래서 가장 재밌어 보이는 놀이기구 앞에 가서 줄을 섰거든? 그런데 1시간이나 기다렸는데도 줄이 사라지지 않는 거 있지? 어휴, 정말 엄마, 아빠가 굳이 이렇게까지 타야 하냐고 막 옆에서 잔소리를 하시는데 그래도 나는 무조건 타야 한다고 말하니까 엄마, 아빠가 결국엔 기다려 주시더라. 그래서 놀이기구를 탔는데 와, 대박! 진짜 재밌었어. 태어나서 그렇게 재밌고 신나는 놀이기구는 처음 타봤는데 막 가슴이 벌렁벌렁하고 오줌이 나올 것처럼 짜릿했다니까!"

이쯤 되면 내 반응이 별로라서 눈치챌 만도 한데 순둥순둥한 희웅이는 그걸로 부족했는지 계속해서 이야기를 이어갔다.

"아니, 그리고 있잖아. 롯데월드에서 다 놀고 서울에서 하룻밤 잤거든? 그런데 우리가 자는 곳 앞에 엄청 큰 건물이 있었는데 거기서 저녁에 스테이크를 먹었는데 입에서 고기가 어찌나 살살 녹는지 정말 정말 맛있었어. 아, 이야기하니까 또 먹고 싶다."

희웅이가 아무리 오버를 해서 말해도 내가 반응이 없자 이제야 뭔가 이상한 낌새를 차렸는지 희웅이는 갑자기 하던 말을 빠르게 끝내곤 눈치를 보며 내게 물었다.

"그나저나 태환아, 너는 주말에 뭐 했어?"

나는 희웅이가 자신의 이야기를 즐겁게 말하는 동안 희

옹이와 전혀 다른 주말을 보낸 내 자신이 너무 쪽팔리고 부끄러워서 쥐구멍에라도 숨고 싶다는 생각을 하고 있었는데 갑자기 희옹이가 질문을 건네자 오히려 능청스럽게 대답했다.

"나? 나도 이번 주말에 가족들과 놀러 다녀왔지."

희옹이는 무뚝뚝한 나의 표정에서 긍정적인 반응이 나오자 내심 마음이 놓였는지 잔뜩 궁금하다는 표정으로 물었다.

"우와! 너도? 어디 다녀왔는데?"

질문을 듣자 순간 몹시 당황했다. 왜냐하면 사실 거짓말을 했기 때문이다. 하지만 죽어도 희옹이에게 사실대로 이야기하고 싶지 않았다. 희옹이는 가족들과 내가 한 번도 가보지 못한 롯데월드를 가서 행복한 시간을 보내고 왔는데 나는 어느 곳에도 놀러가지 않았을뿐더러 오히려 엄마, 아빠가 싸웠다고 하기엔 부끄럽고 자존심이 상했다. 어떻게 답변해야 될지 망설이다가 번뜩 희옹이가 부러워할 만한 소재가 떠올랐고 이렇게 대답했다.

"나 사실 이번 주말에 가족들이랑 동물원에 다녀왔어!"

역시나 내 예상이 틀리지 않았다. 내 말이 떨어지기 무섭게 희웅이의 눈은 휘둥그레졌고 나는 오히려 어깨를 으쓱대면서 계속 말했다.

"사실 예전부터 가자고 엄마, 아빠한테 졸랐거든. 그런데 시간이 없어서 못 가다가 이번 주말에 시간이 딱 돼서 아침 일찍 동물원으로 구경 갔어! 동물원에 가서 사자랑 호랑이도 보고 그리고 물개가 공연하는 것도 봤는데 막 물개가 춤추고 점프하는 거야! 그런데 처음 보는 거라서 진짜 신기하고 너무 재밌었어."

나는 한 번도 사자와 호랑이를 본 적이 없었다. 하지만 티비 프로그램에서 동물원에 대한 이야기를 본 적이 있었고 그 기억을 되살려 희웅이에게 마치 내가 동물원에서 정말 행복한 시간을 보내고 온 것처럼 거짓말을 했다. 역시 내 거짓말이 통했는지 희웅이는 내가 동물원에 갔다 온 것을 매우 부러워했고 자신도 다음번에 꼭 가자고 부모님께 조를 거라고 했다.

서로 대화를 하면서 걷자 어느새 학교에 도착했다. 실내화로 갈아신고 복도를 지나 교실 문을 열고 들어갔는데 역시나 친구들은 삼삼오오 모여 이번 주말에 가족들과 누가 더 맛있는 음식을 먹고 더 좋은 곳으로 놀러갔는지 비교하며 자랑하고 있었다. 나는 친구들과 가볍게 인사만 하고 재빠르게 자리에 와서 앉았다. 그리고 평소에 잘 듣지도 않는 수업을 준비하는 척 필통 1개와 교과서 몇 권을 제외하곤 아무것도 없이 텅 빈 가방을 열고 열심히 뒤적거리기 시작했다. 일부러 친구들을 피해 자리에 앉았지만, 귀는 벌써 친구들이 모여 있는 쪽으로 가 있었고 들고 싶지 않아도 친구들 얘기가 매우 크게 들려왔다.

"아, 진짜라니까. 진짜 살아있었다니까! 막 문어처럼 생긴 게 살아서 움직이는데 처음에 그거 보고 진짜 깜짝 놀랐어! 그래도 엄마가 초장 찍어서 주길래 먹어보니까 입 안에서 살살 녹는 게 맛은 있더라."

"아니, 아니, 내 말 들어봐. 나는 이번에 가족들이랑 새로운 영화 개봉한 거 있지? 그 제목이 뭐였더라. 아무튼, 그거 보러 갔는데 정말 재밌더라. 막 주인공이 위기에 몰려서 죽을 뻔하다가 결국 악당들을 다 물리치고 싸워서 이기는데 정말 멋있고 감동이었어."

어떻게든 듣고 싶지 않았던 친구들의 이야기는 마치 나에게 속삭이며 이야기하듯 매우 잘 들렸고 예상대로 친구들은 가족들과 즐겁고 행복한 시간을 보낸 것 같았다. 최대한 티를 내지 않으며 친구들을 부러워하고 있던 그 순간 한 친구의 이야기가 들렸고 나는 그 이야기를 듣자 순간 부끄러움이 발끝에서부터 밀려왔다.

"나는 이번 주말에 동물원에 갔었다? 근데 정말 신기한 동물들이 많았어! 사자랑 호랑이도 있고 그리고 원숭이랑 코알라도 있고… 아 맞다! 물개가 나와서 공연도 하는데 막 뱅글뱅글 돌면서 춤도 추고 물에서 수영하다가 엄청 높이 점프도 뛰고 심지어 콧바람으로 촛불까지 끄는데 정말 신기하고 재밌었어!"

아까 학교를 오면서 아침에 내가 희웅이에게 했던 이야기였다. 내가 거짓말로 갔다고 한 동물원을 실제로 한 친구는 가족들과 다녀왔고, 나는 그걸 듣는 순간 눈물이 쏟아질 것만 같았다. 그래서 아무도 모르게 화장실이 급한 척 교실 문을 열고 나와 화장실 제일 깊숙한 칸막이로 들어가 문을 걸어 잠갔다. 문을 잠그자마자 참아왔던 눈물이 왈칵 쏟아졌고 그렇게 한참 동안 아무도 모르게 소리 없이 울었다. 마음속 깊은 곳에서 어떤 소리가 들려왔다.

'나는 다른 친구들과 달라. 태어날 때부터 다른 친구들과는 다르게 불행하게 태어난 존재야. 다른 가족들을 봐. 얼마나 화목하고 행복해. 주말이면 사랑하는 가족들과 맛있는 음식을 먹으러 가고, 내가 태어나서 한 번도 가보지 못한 놀이공원이나 동물원에 놀러가고. 저게 행복한 가족의 모습이지. 가족이라면 저렇게 사는 게 맞는 거지. 그런데 그에 비해 우리 가족은 매일 슬프고 불행하잖아. 아빠는 매일 집에만 들어오면 한숨만 쉬면서 엄마한테 화내고 짜증내고 엄마는 아빠랑 싸우고 나면 매일 슬피 울고. 이게 무슨 가족이야. 나는 결국 남들과 다르게 불행한 가정에서 태어난 불행한 자식인 거야.'

그렇게 한참 동안 울면서 나는 스스로를 원망하며 자책했고 나의 가족과 나의 존재를 떠올리며 마음에 각인시켰다.

'그래 맞아. 나는 남들과 다르게 불행한 가정에서 태어난 불행한 존재인 거야.'

어둠의 그림자

하루는 학교가 끝나고 집에 돌아오자마자 화장실에서 손을 씻고 옷에 쓱쓱 문지른 다음 곧바로 티비를 켰다. 역시나 티비에선 내가 좋아하는 만화 오프닝이 흘러나오고 있었고 나는 만화의 재밌는 장면을 조금이라도 놓칠세라 서둘러 부엌으로 달려가 아빠가 잔뜩 사놓은 과자들 중 하나를 빠르게 집어 들고는 거실로 나와 소파에 앉았다.

나는 유독 만화 보는 걸 좋아했는데 그 이유가 무엇이냐면 만화를 보면 항상 주인공들이 나쁜 악당들을 만나거나 예기치 못한 사고로 많은 어려움을 겪고 위기와 곤경에 처하지만, 결국 멋지게 위기를 극복하는 장면이 너무 멋지고 매력적으로 느껴졌기 때문이다. 현실에선 있을 수 없는 말도 안 되는 일들이 만화 속에서는 무궁무진하게 펼쳐지는 게 어린 내가 보기에는 마치 꿈속을 여행하는 기분이 들면서 마음이 즐거웠다. 한창 시간 가는 줄도 모르고 과자 부스러기를 흘러가며 티비에 빠져 있는데 초인종이 울렸다.

'띵동-'

나도 모르게 흠칫 놀라며 현관문을 쳐다보았고 누군가 문을 두들겼다.

"태영이 어머니! 집에 계세요? 있으면 좀 나와보세요!"

목소리가 누군지는 정확히 구분하기는 어려웠으나 옆동에 사는 아주머니의 목소리인 것 같았다.

"아무도 안 계세요?"

아주머니는 잔뜩 화가 난 말투로 온 동네가 떠나가도록 크게 소리를 치면서 엄마를 불렀다. 아주머니가 소리치시는 게 무서워서 문을 열고 싶지 않았지만, 아주머니는 집에 내가 있다는 걸 아는 듯 계속해서 문을 두들겼고 더 이상 시간을 지체했다간 아주머니가 현관문을 부수고 들어올 것만 같았다. 그래서 나는 고양이처럼 살금살금 현관문으로 다가가 기어 들어가는 목소리로 조심스럽게 대답했다.

"누… 누구세요?"

내 말이 끝나기 무섭게 아주머니가 말했다.

"어, 태환이니? 나 옆 동에 사는 찬우 엄마야. 잠깐 문 좀 열어줄래?"

"엄마 지금 안 계신대요."

"아, 그래? 어디 가셨는데?"

사실대로 말하지 않으면 왠지 아주머니에게 혼날 것 같은 불안한 마음에 있는 그대로 대답했다.

"아까 학교 다녀왔을 때부터 집에 안 계셔서 어디 갔는지 잘 모르겠어요. 아마 이따가 저녁에 다시 오시면 계실 거예요."

내 말을 듣자 아주머니는 하고 싶은 말을 다 못해서 심술이 난 사람처럼 대답했다.

"그래? 알겠어. 이따 다시 올게. 아, 그리고 엄마한테 내가 왔었다고 좀 전해줄래? 태영이가 우리 애를 손톱으로 할켜서 얼굴에 상처가 났는데 어떻게 할 거냐고."

'태영'은 우리 형의 이름이었고 아주머니의 이야기를 대충 짐작해봤을 때 형이 찬우 형과 싸운 듯했다. 아주머니는 말이 떨어지기 무섭게 자신이 화가 난 걸 일부러 잔뜩 표현하듯이 계단을 아주 세게 쾅쾅 밟으면서 내려갔다. 안도에 한숨을 내쉬며 다시 거실로 돌아와 보던 만화를 계속 보려고 소파에 앉았는데 또다시 초인종이 울렸다.

'띵동-'

순간 아주머니가 집에 가시다가 화가 안 풀려서 다시 오신 줄 알고 너무 깜짝 놀랐는데 현관문에서 익숙한 목소리가 들려왔다.

"문 열어."

형이었다. 아주머니가 아니라서 다행이라고 생각하며 곧바로 문을 열어주었다. 문을 열자 형은 표정을 일그러뜨리며 터덜터덜 들어왔다. 형의 모습을 보니 형은 얼굴에 작은 상처가 나 있었고 옷은 마치 흙무더기에서 뒹군 사람처럼 지저분하게 더럽혀져 있었다. 아주머니가 이야기한 내용과 형의 모습을 보았을 때 대번 형이 밖에서 싸우고 왔다는 걸 알아차리곤 형에게 물었다.

"형, 싸웠어?"

"몰라, 시발!"

형은 있는 힘껏 욕을 하더니 신발을 벗고 곧장 방으로 들어가 문을 쾅 하고 세게 닫았다.

나에겐 4살 차이 나는 친형이 한 명 있었다. 엄마가 말하길 형은 어렸을 때부터 뽀얀 피부와 예쁘장하게 생긴 얼굴과는 다르게 조금 유별났다고 한다. 도로 위를 지나다니는 자동차의 이름을 한번 보면 다 외울 정도로 머리는 똑똑하고 영리하지만 조금이라도 더러운 걸 보면 참지 못하고 짜증을 내는 유독 별난 결벽증을 가지고 있고 마트에 가서 자신이 원하는 장난감을 사주지 않으면 그 자리에서 울고 불고 난리를 칠 만큼 고집이 강하다고 했다.

한번은 내가 태어나기 전, 형이 3살 정도 되었을 때 엄마와 함께 외할머니 댁에 간 적이 있었는데 외할머니는 손자가 너무 사랑스럽고 예뻐서 형을 데리고 동네 시장 나갔다가 돌아오셔서는 엄마에게 이렇게 말했다고 한다.

"나도 정확히 뭔지는 모르겠는데 태영이가 그렇게 사람을 힘들게 하는 게 있더라. 애가 사람 기를 쏙 빼놓는 게 같이 다니기 참 힘들더라니까."

아무튼 형은 고집이 세고 자기중심적인 성격이 강해서 주변에 친구가 별로 없었다. 왜냐하면 형의 성격을 맞춰 줄 수 있는 사람이 드물기 때문이다. 그래서 형은 어렸을 때부터 동네에서 친구들과 자주 싸웠고 최근 학교에서 싸워서 다른 학교로 전학을 간 상태였다.

나도 형이 싸우고 집으로 돌아오는 모습을 하루 이틀 본 게 아니었기 때문에 오늘도 별일 아닌 듯 그냥 대수롭지 않게 생각했다. 형이 방으로 들어가고 정신을 차리고 보니 이미 티비 속 만화는 끝나서 엔딩이 흘러나오고 있었다. 결정적인 장면을 형과 아주머니 때문에 다 놓친 것 같아 괜히 아주머니와 형이 미웠다. 아쉬운 마음을 뒤로하고 밖에 나가서 친구들과 놀려고 옷을 갈아입고 있는데 형이 불렀다.

"야, 어디 가게?"

"나 밖에 친구들이랑 놀러가려고."

"같이 가자!"

보통의 동생이라면 형이 같이 나가서 놀자고 하면 긍정적인 반응을 보이며 좋다고 말하거나 같이 가자고 말하겠지만 나는 별로 그러고 싶지 않았다.

"싫어, 형 또 나가면 내 친구들한테 욕하고 싸울 거잖아."

사실 내가 이렇게 반응한 건 형 때문에 만화를 제대로 못 본 것 같아 아쉽기도 했지만, 형의 성격이 워낙 별나서 나와 내 친구들이 피해를 겪은 게 한두 번이 아니었기 때문이다. 항상 나는 형과 노는 게 부담스러웠다. 그래서 그날도 예전처럼 피해를 입을까 봐 걱정돼서 일부러 싫다고 대답했다. 하지만 형은 내 대답에 기분이 많이 상했는지 퉁명스럽게 대답했다.

"야, 싫으면 그냥 싫은 거지. 듣는 사람 기분 나쁘게 왜 이리 따겁게 말하냐?"

형이 화를 내면서 말하자 나도 기분이 상했고 일부러 비꼬면서 말했다.

"그걸 겪어봐야 아냐? 딱 봐도 알지. 내가 무슨 한두 번 겪은 것도 아니고…."

"야, 너 이제부터 나한테 아는 척하면 뒤진다."

"형이나 하지 마. 제발 하지 마. 쪽팔려 죽겠으니까."

"너 지금 뭐라 했냐? 쪽팔린다고? 이 새끼 또 말 좆같이 하네."

순식간에 분위기는 살벌해졌고 형은 금방이라도 달려와 주먹으로 때릴 것처럼 날 죽일 듯이 노려보았다. 나도 질세라 마음의 준비를 하고 형을 똑같이 노려보고 있는데 갑자기 현관문이 열렸다.

"야! 김태영! 김태환! 너네 또 싸워? 둘 다 그만 안 돼?"

엄마였다. 엄마가 곧장 신발을 벗고 들어와 우리 둘 사이에 서더니 싸움을 말렸다. 나는 이제 나를 막아줄 방패막까지 생겼겠다 일부러 엄마가 들으라고 더 형에게 쏘아붙였다.

"왜? 때리게? 때려 봐. 싸움도 존나 못 하는 게."

형은 그 말을 듣고 더욱 흥분했고 나에게 달려들었다.

"야, 그만두라고! 그만해!"

엄마는 형의 팔을 꽉 잡더니 그만하라고 형을 다그쳤고 나는 형을 더 화나게 하기 위해 한마디 더했다.

"엄마, 오늘 형 찬우 형이라 싸워서 얼굴에 손톱자국 내서 찬우 형 엄마가 집에 찾아왔었어요. 엄마 없다고 하니까 이따가 저녁에 다시 온대요."

형은 내 말을 듣고는 갑자기 그 말을 왜 하냐며 더욱더 흥분했고 엄마의 손을 뿌리치고 나에게 달려왔다. 그래서 나는 잽싸게 현관으로 달려가 신발을 꺾어 신고는 웃으며 말했다.

"엄마, 저 친구들이랑 놀다가 저녁에 들어올게요!"

그날 저녁, 친구들과 다 놀고 형에게 맞을까 봐 쥐죽은 듯이 집으로 들어왔는데 형은 나를 봐도 별말 없이 본체만체했고 다행히 큰 사고 없이 무사히 넘어갔다. 그리고 며칠 뒤 학교를 끝마치고 집에서 티비를 보고 있는데 현관문에서 소리가 들렸다.

'띵동-'

"집에 누구 안 계시나요?"

처음 듣는 남자의 목소리였고 엄마는 부엌에서 일을 하다 말고 현관문 앞으로 가서 대답했다.

"누구시죠?"

"아, 네. 다름이 아니라 김태영 학생 어머니 되시나요?"

엄마는 처음 듣는 남자 목소리의 조금 당황한 듯 조심스럽게 대답했다.

"네, 맞는데요. 그런데 누구시죠?"

"아, 저는 택시기사인데요. 김태영 학생이 사고가 나서
요."

형이 사고가 났다는 소리에 엄마는 깜짝 놀라 곧바로 문
을 활짝 열었다. 그런데 문을 열자 택시기사와 형이 나란히
서 있었다. 그러자 엄마는 당황한 듯 물었다.

"태영아! 너 사고 났다며! 괜찮아? 어디 안 다쳤어?"

형은 택시기사의 말대로 사고가 나서 약간 어안이 벙벙
한 듯 힘없이 아무 말도 하지 않았고 그 모습을 지켜보던
택시기사가 당황하며 입을 열었다.

"어머니, 진정하시고요. 이게 어떻게 된 거냐면요. 태영
학생이 학교 앞 신호등에 서 있다가 건너편에서 오는 버스
를 타려고 무단횡단을 했는데 제가 운전하다가 학생이 갑
자기 튀어나오는 걸 못 보고 태영 학생을 실수로 쳤어요.
그래서 저도 너무 당황해서 얼른 차에서 내려서 괜찮냐고
묻고 병원에 가자고 하니까 학생이 괜찮다고 하면서 집에
간다고 하길래 혼자 보내긴 조금 그래서 그럼 집까지 태워

주겠다고 말하고 데리고 온 겁니다. 어머니 많이 놀라셨을 텐데 죄송합니다."

엄마는 택시기사가 말하는 걸 모두 듣고는 다시 형에게 물었다.

"태영아! 너 진짜 괜찮아? 병원 안 가도 되겠어? 아프면 지금이라도 말해. 바로 병원 가자!"

엄마가 걱정하는 말투로 계속해서 형을 다그치자 형이 마지못해 대답했다.

"지금은 괜찮아요. 근데 어지러워서 좀 쉬고 싶어요."

엄마는 형의 대답에 얼른 들어와서 쉬라고 했고 택시기사는 만약 나중에라도 문제가 생기면 연락 달라고 하면서 지갑 속 명함 하나를 꺼내 엄마에게 건네주고 돌아갔다. 엄마는 택시기사가 떠나고 나서도 계속해서 형에게 괜찮냐고 물었으나 형은 괜찮다고 대답했고, 다행히 별일 없이 상황이 잘 마무리되나 싶었다.

하지만 문제는 몇 주가 지나고 발생했다. 어느 날 모두가 잠든 늦은 새벽, 평소와 비슷하게 깊은 잠에 빠져 있는데 어디선가 누가 집이 떠나가듯이 소리를 질렀고 그 바람에 놀라서 잠에서 깼다. 그런데 눈을 떠보니 엄마, 아빠가 크게 소리를 치고 있었다.

"김태영! 김태영! 정신 차려! 태영아, 정신 차려! 눈 좀 떠봐!"

아빠의 등에 가려져 얼굴은 잘 안 보였으나 형의 이름을 부르는 것으로 보아 아빠가 의식을 잃은 형을 향해 소리치고 있는 것 같았고 아빠는 계속해서 형의 어깨를 세게 흔들고 있었다. 엄마는 아빠 옆에서 다 죽어 새하얗게 되어버린 시체를 본 것처럼 울면서 두려움에 덜덜 떨고 있었다. 나는 자다가 깨서 이 상황이 도대체 무슨 상황인지 몰라 어쩔 줄 모르고 있는데 갑자기 구급대원이 집 문을 열고 들어와 의식이 없는 형을 데리고 갔다.

너무 순식간에 일어난 일이라 순간 나는 아무런 생각도, 감정도 들지 않았다. 그런데 갑자기 엄마가 엉엉 우는 걸 보고는 잘은 모르겠지만, 불길한 기운이 느껴졌고 순간 엄마를 따라 울기 시작했다. 그렇게 엄마와 나는 한동안 서로를 부둥켜안은 채 울었고 어둠의 그림자는 말없이 다가와 우리 가족을 서서히 덮쳐오고 있었다.

혼자라는 외로움

그날 밤, 형이 의식을 잃고 병원에 실려 간 후 우리 가족에게 많은 변화가 찾아왔다. 아니, 정확히 말하자면 나는 더욱더 불행해졌다. 형은 그날 이후 병원에 입원해서 기본적인 검사부터 최대한 할 수 있는 검사를 했으나 원인을 알 수 없었다. 결국 오랫동안 병원에 입원해서 검사와 치료를 병행했고 엄마, 아빠는 그런 형을 간호하기 위해 시간만 나면 병원에 갔다. 하지만 형에게 관심을 가지면 가질수록 외로움을 겪는 건 내 몫이었다. 학교에 갔다가 집에 돌아오면 아무도 없었고 그럴 때마다 나는 세상에 혼자 남겨진 것 같은 기분이 들면서 한없이 외로웠다.

심지어 하루는 나랑 6살 차이 나는 2살짜리 막내동생과 단둘이 집에 남겨질 때도 있었는데 아침에 일어나 보니 엄마, 아빠는 없고 엄마가 식탁 위에 두고 간 쪽지만 덩그러니 놓여 있었다. 그리고 쪽지에는 이렇게 적혀 있었다.

"태환아, 엄마가 병원을 일찍 가야 해서 인사 못 하고 가서 미안해. 엄마가 반찬은 다 만들어놓고 냉장고에 넣어놨으니까 일어나면 꺼내서 챙겨 먹어. 그리고 밥 먹을 때 태현이 분유 좀 타서 먹여주고 울면 기저귀 한 번만 갈아줘. 알겠지?"

〈분유 타는 법〉

1. 분유 가루를 두 스푼 떠서 분유통에 넣는다.
2. 따뜻한 물을 250ml 눈금 선까지 넣고 가루가 다 녹을 때까지 흔들어 준다.
3. 태현이를 앉힌 다음 분유를 먹인다.
4. 다 먹이고 태현이가 트림을 하지 않으면 가볍게 등을 두들겨 준다.

〈기저귀 가는 법〉

1. 태현이가 울면 기저귀를 만져서 살짝 확인해 본다.

2. 축축하거나 무거우면 태현이를 눕히고 기저귀를 벗긴다.

3. 대변이면 물티슈로 태현이 엉덩이를 닦아주고 베이비 파우더로 살짝 두들겨 준다.

4. 깨끗한 기저귀로 다시 갈아입히고 바지를 입혀준다.

엄마는 8살짜리 꼬맹이인 내가 봐도 이해할 수 있게 매우 간단하고 쉽게 방법을 적어놨다. 나는 귀찮고 비위도 약해서 동생의 똥을 보고 엉덩이를 닦아주는 게 너무 싫었지만, 엄마가 적어놓은 쪽지대로 밥 먹을 때 동생의 분유도 타서 먹여주고 동생이 울면 기저귀도 들었다 났다 하면서 빨래집게로 코를 막고 헛구역질을 해가며 동생의 기저귀를 갈아주었다.

아빠도 퇴근하면 집에 잠깐 들렀다 곧장 병원으로 가는 날이 잦아졌다. 그렇게 밤에 동생과 단둘이 남거나 혼자 남겨질 때면 낮에 잊고 있던 외로움이 물밀듯이 한 번에 밀려왔다. 그렇게 잠도 잘 못 자고 외로움에 떨면서 어두컴컴한 밤을 지새웠고 이 무서운 밤은 영영 사라지지 않고 내 곁을 맴돌다 아무도 모르게 갑자기 나를 데리고 사라지는 건 아닐까 하는 생각을 했다.

하지만 내 맘을 아는지 모르는지 동생은 나랑 함께 있을 때 아무 생각 없이 생글생글 웃거나 엄마를 부르며 밥 달라고 울기만 했다. 그렇게 날이 갈수록 하루하루 지쳐가고 있는데 하루는 아빠가 퇴근하고 집에 오시더니 내게 용돈을 주시면서 말씀하셨다.

"태환아, 아빠가 지금부터 하는 이야기 잘 들어."

직업 군인 출신의 권위적인 아버지라서 어렸을 때부터 항상 아빠의 말씀은 잘 들었지만 오늘따라 분위기를 잡고 말하는 아빠를 보자 더욱더 긴장이 되었다.

"뭔데요?"

아빠는 잠시 뜸을 들이더니 한숨을 크게 내뱉고 말했다.

"있잖아. 사실, 형이 지금 네가 생각하는 것보다 훨씬 상태가 안 좋고 많이 아파. 형이 지금 정말로 많이 아픈 상태야. 의사 선생님은 잘하면 형 병을 못 고칠 수도 있대."

형이 아픈 건 진작부터 알고 있었지만, 아빠가 무게를 잡고 무섭게 이야기하니 순간 등골이 오싹해질 만큼 두려웠다.

"만약, 못 고치면 어떻게 되는 건데요?"

내 질문을 듣고 아빠는 고민에 빠진 듯 한동안 아무 이야기도 하지 않은 채 가만히 있었고 그러다 끝내 무언가를 결심한 듯 대답했다.

"아니야! 형 꼭 나을 수 있을 거야. 그래서 너의 도움이 필요해."

아빠는 안타까운 표정을 지으며 정말로 절실하게 나의 도움이 필요하듯이 말했고 나는 그런 아빠에게 조금이라도 도움이 되고 싶은 마음에 물었다.

"어떻게 도우면 되는데요?"

그러자 아빠는 "태환이가 엄마, 아빠가 없어도 동생이랑 같이 잘 있어 줘야 해. 물론 엄마도 아빠도 네가 혼자 있는 걸 절대 원하지 않아. 매번 그렇게 널 혼자 집에 두고 가면 항상 신경 쓰이고 마음이 불편해. 그런데 상황이 이렇다 보니까 너를 집에 혼자 놓고 병원에 갈 때가 많은데 그때 엄마, 아빠가 집에 없어도 네가 밥도 잘 먹고 학교도 잘 가고 집에 잘 있어 주면 되는 거야. 밤에 절대 누가 와도 문 열어주지 말고, 무슨 일 있으면 아빠한테 바로 전화하고. 물론 지금까지 잘해왔지만 앞으로도 아빠 말처럼 잘할 수 있지?"

아빠의 이야기를 듣고 아무도 나를 신경 쓰지 않아서 속상했는데 괜히 마음을 들킨 것 같아 갑자기 울컥한 마음에 눈물이 핑 돌았고 최대한 울지 않으려고 애를 썼다. 하지만 내가 생각하는 것과 달리 나는 눈물을 흘리며 서럽게 울었다. 아빠는 그런 나를 애처롭게 바라보며 말했다.

"태환아, 물론 네가 속상한 거 알아. 집에 혼자 있으면 무서운 것도 알고. 하지만 이럴 때일수록 마음 단단히 먹어야 해. 우리가 마음을 굳게 먹지 않으면 안 돼. 아빠, 엄마도 지금 너무 힘든데 최대한 이겨내려고 노력 중이야. 그러니까 너도 마음 굳게 먹고 잘 지내주면 돼. 알겠지?"

나는 아빠의 질문에 대답하고 싶지 않았으나 딱히 다른 선택을 할 수 있는 상황이 아니었다. 아빠는 약속을 하자며 내게 새끼손가락을 내밀었고 나는 눈물을 흘리며 애써 도장을 찍었다. 그렇게 나는 지키지도 못할 약속을 했고 아빠와 약속한 이후에도 집에 혼자 종종 있었다. 하지만 외로움을 누구보다 잘 타는 성격이기에 혼자 있는 건 전혀 익숙해지지 않았고 오히려 혼자 있는 시간이 늘어날수록 마음에선 슬픔과 외로움만 커져갔다.

하루는 유독 아침부터 하늘이 뻥 뚫린 것처럼 비가 많이 왔다. 나는 비가 오는 걸 굉장히 싫어했다. 그 이유는 집에 혼자 있을 때 종종 비가 오면 마치 하늘도 내가 불쌍해서 같이 울어주는 것처럼 느껴지면서 내가 너무 초라하고 불쌍해 보였기 때문이었다. 그런 내 마음을 아는지 모르는지 비는 그칠 줄 모르고 하루 종일 내렸고 나를 더욱더 불안하고 무섭게 하려는 것처럼 천둥 번개까지 쳤다. 늦은 밤 천둥 번개 소리에 무서워서 잠을 뒤척이고 있는데 빗줄기는 더욱더 굵어졌고 소리는 점점 더 커지면서 마치 대포 소리를 연상케 했다.

번쩍거리는 불빛과 굉음이 너무 무서워서 거실과 방에 있는 전등을 다 켜고 티비도 켠 다음 볼륨을 최대한 높였다. 그러자 잠깐 동안은 조금 나아지는 듯 싶었으나 갑자기 큰 천둥 번개 소리가 들리면서 집에 있던 모든 불빛들이 순간적으로 다 꺼졌고, 나는 그만 무서움을 견디지 못해 울음을 터트렸다. 그때부터 한참 동안 어린아이처럼 소리를 내서 엉엉 울었다. 이 어둠이 너무 싫었고 어둠을 홀로 견뎌야 하는 게 싫었다. 그렇게 한참을 울고 있는데 외로움이 내게 말했다.

"네 주위에 지금 누가 있는지 봐. 엄마가 있니, 아빠가 있니? 내가 지금 이렇게 혼자 집에서 무서워서 잠도 못 자고 벌벌 떨고 있는데 네 주위에는 아무도 없고 너를 사랑해주고 지켜줘야 할 존재들은 단 한 명도 없어. 너는 그냥 지금처럼 혼자인 거야. 다들 형이 아프다는 이유로 형에게만 관심 갖지 네가 이렇게 혼자 무서워서 떨고 있는 걸 알기나 할까? 생각해봐. 부모님이 집에 없을 땐 병원에 가서 형에게만 관심 갖고 집에 돌아오면 어린 동생에게만 관심 갖잖아. 너는 그냥 찬밥 신세인 거야. 너는 그냥 엄마, 아빠에게는 별로 중요하지 않은 아들일 뿐이야. 그냥 너는 세상에서 없어져야 될 존재인 거야."

외로움은 계속해서 나에게 말을 걸며 나를 더욱더 비참

하게 만들었고 나를 슬픔 속에 잠식시켜버렸다. 그렇게 한참을 울고 있는데 또다시 마음속에서 소리가 들렸다.

'그래. 내가 이렇게 외로운 건 다 형 때문인 거야. 내가 지금 이렇게 슬픈 건 다 형 때문이야. 형이 없었다면 형이 아픈 일도 없을 거고 엄마, 아빠가 저렇게 고생하지 않아도 될 텐데. 형만 사라진다면 엄마도 아빠도 힘들지 않고 행복해질 수 있을 텐데. 그러면 우리 가족이 지금보다 몇 배나 행복해질 수 있을 텐데….

그냥 차라리 형이 사라지면 좋겠다고 생각했다. 그럼 우리 가족은 달라질 수 있을 것 같았다. 어리석게도 형만 없으면 엄마, 아빠 얼굴에 눈물이 흘러내리는 게 아니라 웃음꽃이 활짝 필 수 있을 거라고 생각했다. 그냥, 그냥, 형이 사라지면 좋겠다. 그래서 나도 사랑받고 싶었다.

그렇게 외롭고 슬픈 나의 밤이 원망과 미움으로 가득 찬채 지나가고 있었다.

그럴 수밖에 없었던 이유

형의 병은 날이 갈수록 심해졌다. 기존에 있던 병원에서 치료를 할 수 없어 넉넉지 않은 가정 형편에도 불구하고 없는 돈을 다 끌어모아 대한민국에서 의료기술이 제일 뛰어나다는 서울에 있는 병원으로 옮겼지만 결국 현대의학으로 치료할 수 없는 불치병으로 판정받았고 의사들은 사고가 나서 그런 게 아니라 유전적인 병이라고 하면서 정확히는 아니지만 형의 병명을 멜라스 증후군이라고 했다. 나중에 알게 된 거지만 멜라스 증후군은 진행성 신경퇴행성 장애, 미토콘드리아성 뇌병증, 젖산산증 그리고 뇌졸중 소견이 복합적으로 나타나는 질환이었고 증상으로는 정말 많지만 청소년기에 운동 기능과 시력과 의식저하, 경기, 재발되는 두통, 오심, 구토, 정신적인 이상과 인지적인 퇴화, 뇌졸중 같은 증상을 동반할 수 있다고 했다. 이뿐만 아니라 호흡곤란, 말초신경장애, 정신적 장애 등 그냥 장애란 장애는 다 겪는 병이었다.

가만히 생각해보면 형이 어렸을 때부터 유독 성격이 별났던 이유도 형이 가진 병과 연관되어 있었기 때문이었고, 자신이 원하지 않는데도 자꾸 정신적으로 이상증세를 나타내며 신경질적이고 폭력적으로 반응하면서 사람들을 불편하게 하고 병이 점점 더 심해지면 심해질수록 주변 사람들을 더욱더 힘들게 만들었던 것임을 알 수 있었다. 나도 형의 병을 정확히 모르고 이해하지 못했을 때는 형을 오해했고 아빠가 형이 많이 아프다고 말했을 때도 사실 별로 아프지도 않은데 괜히 아픈 척 꾀병을 부리는 거라고 생각했는데 형이 잠깐 퇴원하고 집에 며칠 지내던 그날 밤 아픈 형의 모습을 보면서 지금까지 내가 형을 오해하고 있었다는 걸 알게 되었다.

평소와 다름없이 모두가 깊이 잠든 캄캄한 새벽, 갑자기 집이 떠나갈 정도로 크게 소리치는 아빠의 목소리에 놀라서 잠에서 깼고 눈을 떠 형을 보자 나도 큰 충격을 받았다. 형의 두 눈동자는 검은 눈동자가 하나도 없이 완전히 흰자로 뒤집혀 있었고 형의 입에선 개거품 같은 게 질질 새어 나오고 있었다. 그것도 모자라 형은 마치 전기충격에 감전된 사람처럼 온몸을 덜덜 떨고 있었다. 이렇게 표현해도 될지 모르겠지만 형은 마치 영화 속 좀비의 모습을 연상케 했고 나는 그런 형을 보고 소름이 끼치면서 잠이 확 깨고 말았다. 무서워서 엄마 쪽으로 고개를 돌렸는데 엄마 역시 공포에 휩싸인 채 두려움에 떨고 있었다. 아빠는 형에게 인공호흡과 응급처치를 하면서 형이 의식을 잃지 않게 최선을 다했다. 그렇게 몇 분 뒤 또다시 구급대원이 집에 들어오더니 형을 태워 갔고 그렇게 형은 병원으로 다시 옮겨졌다.

형이 병원으로 실려가고 난 뒤, 나는 한동안 정신적으로 큰 충격에 휩싸여 아무 말도 하지 못했다. 그러다 가까스로 몸을 강제로 일으켜 침대가 있는 방으로 걸어가 자리에 누웠고 얼굴이 최대한 보이지 않게 이불을 얼굴까지 뒤집어써서 가렸다. 눈물이 미친 듯이 쏟아졌다. 내가 지금까지 형을 오해하며 원망하고 미워했던 시간들이 마치 한편의 필름이 풀리듯 머릿속을 스치며 지나갔고 한 장면 한 장면이 지나갈 때마다 누군가 내 가슴을 날카로운 칼로 후벼파는 듯한 고통이 느껴졌다. 형이 이렇게 아픈 줄도 모르고 얼마 전까지 차라리 형이 사라져버리면 좋겠다고 생각한 내 자신이 한없이 부끄러웠다. 사라져야 할 존재는 형이 아닌 아픈 형을 이해하지 못하는 동생 같지도 않은 나라는 생각에 고통스러웠다. 그렇게 나는 한동안 스스로를 자책했다.

참 야속하게도 그날 이후, 형의 상태는 점점 더 악화되었고 전에는 보이지 않던 이상증세까지 나타났다. 그러다 몇 번 의식을 잃고 깨어나더니 결국 엄마, 아빠도 못 알아보는 지경에까지 이르렀다.

"태영아, 너 왜 그래. 엄마야. 엄마 못 알아보겠어?"

잠깐 정신을 차린 형에게 엄마가 계속 말을 걸었으나 형은 고개를 절레절레 흔들면서 모른다고 반응했고 엄마는 의사 선생님께 형이 왜 그러냐고 물었다. 그러자 의사는 형에게 몇 가지를 질문하며 상태를 파악하더니 이렇게 대답했다.

"어머니, 지금 태영이가 쇼크로 인해 잠깐 기억을 잃은 것 같습니다. 일단 시간을 갖고 지켜보는 게 좋을 것 같습니다."

의사의 말을 듣고 엄마는 이러다 형이 영영 엄마를 못 알아보면 어떡하냐고 따지듯 추궁했고 의사는 계속해서 시간을 갖고 기다려보자는 대답만을 남긴 채 자리를 떠났다. 엄마에게 소식을 전해 들은 아빠가 병원에 와서 형에게 아빠를 알아보겠냐고 물어보았으나 형은 여전히 아빠도 못 알아봤고 심지어 내가 말을 걸어도 형은 별다른 반응을 보이지 않았다. 그렇게 형의 상태는 점점 손을 쓸 수 없을 만큼 매우 심각해져 갔고 우리 가족의 마음은 점점 더 절망 속으로 빠져들고 있었다.

그 일이 있고 며칠 뒤 형이 심하게 발작을 하더니 갑자기 심장이 멎었다. 근처에 있던 의사가 급히 달려와 형에게 심장충격기를 시도했다.

"간호사! 얼른 심장충격기 가져와! 하나, 둘, 셋!"

'쿵!'

"다시! 하나, 둘, 셋!"

'쿵!'

'삐삐삐-'

다행히 가까스로 목숨은 건졌으나 형은 그날부로 의식을 잃고 혼수상태에 빠지고 말았다. 그렇게 우리 가족은 형의 상태가 점점 더 심각해지고 있다는 걸 알고는 모든 걸다 접어둔 채 병원에 눌러앉았고 나도 엄마, 아빠를 따라 병원에서 지냈다. 하지만 병원에 오랜 시간을 있어도 형은 여전히 깨어나지 않았고 아빠는 불안함을 달래기 위해 시간만 나면 옥상으로 올라가 깊은 한숨을 쉬며 줄담배를 피워댔다. 엄마는 엄마가 다니던 교회 목사님께 전화를 걸어 형이 어서 빨리 깨어날 수 있도록 기도를 부탁했다. 모두가 한마음 한뜻으로 형이 얼른 깨어나길 바라며 마음을 졸이고 있는데 의사가 고민이 가득한 얼굴로 다가오더니 아빠, 엄마에게 조심스럽게 말했다.

"태영이 아버지, 어머니. 이런 말씀 드리기 죄송하지만 태영이 상태가 생각보다 심각합니다. 이제는 슬슬 마음의 준비를 하셔야 될 것 같습니다."

아빠는 의사의 말을 듣고 모든 걸 잃은 듯 허탈한 표정을 지었고, 엄마는 그 자리에서 주저앉아 울면서 계속 하나님을 외쳤다. 그러다 아빠는 갑자기 의사에게 화를 내면서 말했다.

"저기요! 의사 선생님! 몇 주 전까지만 해도 태영이 살릴 수 있다고 했잖아요! 최대한 노력해서 살려 본다고 했잖아요! 근데 이제와서 마음의 준비를 하라고요? 난 이렇게 태영이 못 보내! 아니, 안 보내! 현대의학이 이렇게 발전했는데 도대체 왜 못 고치는 건데! 왜 못 고치는 건데!"

아빠는 순간 이성을 잃고 의사에게 목소리를 높여 화를 냈고 의사는 그저 아빠에게 죄송하다는 말만 반복했다. 그러다 아빠는 다시 정신을 차리고 의사의 손을 잡더니 말했다.

"선생님, 죄송합니다. 제발 부탁이니까 우리 태영이 한 번만 살려주세요. 제가 뭐든 다 할 테니까 우리 태영이 제발 좀 살려주세요. 이렇게 부탁드립니다. 정말 저는 태영이 이렇게 못 보냅니다. 제발, 제발 부탁이니 우리 태영이 한 번만 살려주세요."

아빠는 간절한 마음으로 의사에게 간곡히 부탁했으나 의사는 죄송하다는 말 이외에 아무런 대답도 하지 않았고 그렇게 병실을 나갔다. 여전히 형은 혼수상태에서 깨어나지 않았다. 우리 가족은 그저 형이 어서 빨리 깨어나길 간절한 마음으로 기다렸고, 엄마가 다니던 교회 목사님과 많은 성도분들은 시간만 나면 찾아와 의식이 없는 형의 손을 잡고 하나님께 기도를 드렸다. 그러다 하루는 교회 목사님께서 기도를 마치시고는 아빠에게 말씀하셨다.

"태영이 아버지, 여러모로 많이 힘드시죠. 어서 빨리 태영이가 깨어나서 몸도 괜찮아지고 건강도 되찾아서 다시 행복하게 살길 저희도 간절히 바라고 있어요."

"네, 목사님. 매번 이렇게 찾아와 태영이를 위해 기도해 주셔서 감사드립니다."

사실 아빠는 종교가 없고 교회를 싫어한다. 왜냐하면 형이 아프기 전부터 엄마가 시간만 나면 교회에 가서 예배를 드려 아빠가 일을 마치고 집에 돌아와도 엄마가 없을 때가 종종 있었기 때문이다. 아빠 생각엔 엄마가 집안일을 제대로 하지도 않고 교회에 빠진 사람이라고 생각해서 교회 가는 걸 매우 불쾌하게 여겼다. 부부싸움의 화근이 되었던 것 중 하나도 종교문제였다. 그런데 형이 아프기 시작하고 병원에 입원해 있을 때 교회 분들이 자주 찾아와 형을 위해 기도를 드렸고 자연스럽게 아빠와도 마주하고 얘기를 나누는 시간이 잦아졌다. 처음에는 교회 분들이 아빠에게 말을 걸거나 인사를 드려도 아빠가 자리를 피하거나 불편해했지만, 시간이 지날수록 교회 분들이 형에게 많은 관심을 기울여주신 덕분에 아빠도 조금씩 마음을 열고 교회 분들을 마주하는 게 자연스러워졌다. 태어나서 기도라는 걸 해본 적도 없지만 같이 두 손을 모아 형을 위해 함께 기도를 드렸다. 기도가 끝나고 아빠는 목사님께 감사하다며 인사를 건넸고 아빠의 인사를 듣고 목사님께서 말씀하셨다.

"아닙니다. 태영이 아버지. 제가 할 수 있는 게 기도뿐인데요. 하나님께서 태영이에게 은혜를 입혀주실 거예요. 태영이 이대로 죽지 않을 겁니다. 매일 우리 모두가 하나님께 기도를 드리고 있으니까 태영이 아버지도 마음 편히 가지시고 밥도 잘 드시면서 건강도 챙기시면 좋겠습니다."

목사님의 말씀이 끝나자 아빠는 또다시 감사하다는 말을 하며 고개를 숙였고 목사님은 잠시 고민하시더니 아빠에게 조심스럽게 이야기했다.

"태영이 아버지, 혹시 전에 제가 말씀드렸던 건 생각해 보셨나요?"

아빠는 목사님의 말씀을 듣고 무슨 말씀을 하시는지 모른다는 표정을 지었으나 바로 알아차린 듯 대답했다.

"아, 수양회에 참석하시는 거 말씀이신가요?"

"네, 태영이 아버지."

엄마가 다니는 교회에는 한 해에 두 번. 여름, 겨울을 나눠서 일주일 동안 수양회라는 걸 했는데 그게 무엇이냐면 수양회에 참석해서 말씀도 듣고 기도도 하면서 서로 가지고 있던 마음의 고민이나 어려움을 나누고 비워내면서 하나님의 말씀으로 채워가는 시간을 갖는 자리였다. 그래서 목사님은 전에 한번 엄마에게 아빠도 지금 마음이 많이 힘들고 어려우실 텐데 다가오는 수양회에 참석해서 하나님의 말씀을 듣고 위로를 얻으셨으면 좋겠다고 말한 적이 있었다. 아빠는 아픈 형을 두고 어디 가냐며 강력히 거부했었다. 목사님은 아빠가 지금 심적으로 너무 힘든 시기라는 걸잘 알기에 도움을 주고 싶어서 다시 한번 말씀하셨는데 아빠가 갑자기 큰 소리로 대답했다.

"목사님! 도대체 저한테 왜 그러시는 건데요? 제가 전에도 싫다고 말씀드렸잖아요! 지금 제 아들 태영이가 이렇게 아파서 혼수상태에 빠져 죽을 위기에 처했는데 도대체 이아이를 두고 어딜 자꾸 가라고 말씀하시는 겁니까? 저는 얘 두고 여기서 한 발짝도 못 움직입니다! 목사님도 사람이고 한 사람의 아버지로서 제 심정을 아시는 분이 도대체왜 그러시는 겁니까? 아시다시피 자식이 이렇게 혼수상태에 빠져 있는데 아버지란 사람이 자식을 두고 어딜 가겠습니까? 그리고 설령 간다고 쳐도 태영이를 여기에 두고 과연 제가 수양회에 참석해서 집중해서 말씀을 잘 듣고 지낼수나 있겠습니까? 자꾸 그런 소리 하실 거면 이제부터 오지 마십쇼! 이딴 도움 필요 없습니다!"

아빠는 병원 사람들이 다 들리도록 소리치며 또다시 강력하게 거부했고 목사님은 아빠의 이야기를 다 들으시곤 조심스럽게 말씀하셨다.

"불편하셨다면 죄송합니다. 저도 지금 억지로 아버님을 막 끌고 가려는 게 절대 아니에요. 지금 아버님이 처한 상황을 너무나도 잘 아는데 제가 억지로 아버지를 끌고 가서 무슨 이득을 보겠다고 그러겠습니까? 다만, 저는 아버지가 지금 심적으로 너무 힘드신 것 같아서 하나님의 말씀으로 도움을 얻으시면 어떨까 하고 말씀드린 거지 절대 다른 뜻은 없습니다. 그리고 아버지께서 하나 생각해주시면 좋겠는 게 지금까지 아버지가 태영이를 위해 할 수 있는 건 다 했다고 생각합니다. 태영이를 살리기 위해 비싼 돈 들여가며 검사란 검사는 다 했는데 정확한 원인을 발견하지도 못했고, 일도 제대로 못 가시고 퇴근하시면 매번 병원으로 오셔서 잠도 제대로 못 주무시면서 밤늦게까지 태영이를 간호하셨잖아요. 하지만 태영이의 병은 더 심각해지고 더욱더 아파져서 지금 이렇게 깨어나지 못하는 게 현실이고요. 물론 태영이 아버지께서 자식을 사랑하는 마음에 최선을 다해서 노력했지만, 아시다시피 세상에서 할 수 있는 건 한계가 있어요. 그래서 이제는 아버지가 어떤 세상의 방법이 아닌 다른 방법으로 태영이를 위해보시는 게 어떨까 싶어서 조심스럽게 말씀드린 겁니다."

목사님의 말씀을 듣고 아버지는 잠시 무언가를 곰곰이 생각하듯 아무 말도 하지 않았고 목사님은 계속 말씀을 이어갔다.

"태영이 아버지, 의사는 환자가 아파서 병원에 오면 검사를 하고 수술을 해서 환자를 병으로부터 낫게 해야 할 의무가 있습니다. 그게 의사로서의 도리겠지요. 그것처럼 저는 목사입니다. 그래서 마음에 병이 든 사람이 있거나 어려움에 처해 있는 영혼이 있으면 하나님의 말씀으로 도움을 줄 의무가 있습니다. 그래서 제가 감히 말씀드리고 싶은 건, 태영이 아버님께서 한번 하나님에게 의지해보셨으면 좋겠다는 겁니다. 지금까지 인간의 어떤 방법으로 태영이를 고치지 못했다면 이제는 다른 방법이 필요한 시점이라고 생각해요. 저는 제 주변에서 의사가 안 된다고 말했지만 그리고 죽을 위기에 처한 사람들이 하나님의 말씀으로 병에서 낫는 걸 여러 번 목격한 적이 있습니다. 그리고 하나님께서 태영이에게도 분명하게 똑같이 일하실 걸 믿습니다. 그러니 아버지도 한번 하나님을 바라보시고 믿어보시길 바랍니다."

아빠는 목사님의 말씀을 듣더니 한참 동안 말이 없었다. 그러다 갑자기 무언가를 결심한 듯 떨리는 목소리로 대답했다.

"목사님, 아시다시피 저는 제 아내가 교회에 다니는 게 참 못마땅했던 사람입니다. 물론 지금도 그런 마음은 변함없고요. 하지만 지금 이렇게 제 자식이 아픈 상황에서 제가 할 수 있는 건 아무것도 없습니다. 그래서 저 자신이 너무 한심하고 무능하게 보입니다. 목사님 말씀대로 저는 인간적으로 제가 아버지로서 태영이에게 할 수 있는 방법은 다 한 것 같습니다. 그런데 마지막으로 안 한 게 단 하나 있다면 그렇게 제가 싫어하는 아내가 믿는 하나님을 한번 믿어보는 겁니다. 솔직히 죽어도 믿기 싫지만, 우리 태영이만 살릴 수 있다면 믿겠습니다. 부디, 꼭 우리 태영이가 깨어났으면 좋겠습니다."

목사님은 아빠의 말씀을 듣더니 웃으며 대답했다.

"잘 생각하셨습니다. 그리고 그렇게 말씀해주셔서 감사

합니다. 정말 하나님께서 분명하게 일하실 거예요. 우리 같이 가서 말씀도 듣고 기도드려요."

그렇게 아빠는 목사님과 함께 수양회에 참석했고 엄마는 형 곁에 남아 형이 깨어나길 간절히 바라며 병실을 지켰다.

간절함이 닿았던 걸까

　아빠가 큰맘 먹고 수양회에 참석했으나 하루, 이틀이 지나도 형은 여전히 혼수상태에 빠져 깨어나지 못했고 오히려 상태는 더 심각해져 생사를 오가고 있었다. 아빠도 수양회에 참석해서 시간만 있으면 엄마에게 전화를 걸어 형의 상태가 어떤지 계속해서 안부를 물었는데 상태가 더 안 좋아지고 심각해졌다고 말하자 다시 병원으로 와야 하는 건 아닌지 고민하며 걱정을 많이 했다. 그러나 그 후로 아빠는 무언가 작정한 듯 일체 전화를 걸지 않았다. 그렇게 아빠가 수양회에 참석한 지 며칠이 지난 어느 날, 엄마는 의사 선생님을 다급하게 불렀다.

"선생님! 선생님! 태영이가 깨어났어요. 얼른 와서 확인해주세요!"

형이 깨어났다는 소리에 의사와 간호사는 얼른 형에게 달려와 형의 상태를 체크했고 엄마는 너무 놀란 나머지 눈물을 흘리며 형의 손을 잡고 말했다.

"태영아! 태영아! 괜찮아? 엄마가 얼마나 걱정했는지 알아?"

신기하게도 형은 혼수상태에 빠지기 전, 엄마를 제대로 알아보지도 못했는데 깨어나자마자 엄마를 알아보았고 말도 제대로 하면서 마치 혼수상태에 빠지기 전보다 더 멀쩡한 듯 보였다. 엄마는 계속해서 감사하다며 형의 손을 잡고 눈물을 흘렸다. 그러다 이 기쁜 소식을 아빠에게 알려주어야 한다면서 형이 진정되자마자 곧바로 휴대폰을 들고 아빠에게 전화를 걸었고 아빠는 수양회에서 소식을 듣고 마치 하늘을 날아갈 것처럼 기뻐하며 하늘을 향해 하나님께 감사하다며 소리쳤다. 그리고 아빠는 형이 깨어난 게 다 하나님 덕분이라며 형이 깨어났어도 수양회가 끝날 때까지 계속 참석하려고 했으나 목사님은 형이 깨어났으니 어서 가서 형과 같이 대화도 하고 돌봐주는 게 더 좋을 것 같다고 하시면서 하나님께서 태영이에게 은혜를 입혀주셔서 정말 감사하다고 했다. 아빠는 눈 깜짝할 새 병원에 도착했고, 반가운 마음에 형의 머리를 쓰다듬으면서 말했다.

"태영아, 괜찮아? 어디 아픈 덴 없어?"

"네, 아빠 괜찮아요."

다행히 형은 아빠도 정상적으로 알아보았고 불과 며칠 전까지만 생사를 오가던 사람치고는 굉장히 건강해 보였다. 그리고 시간이 지날수록 형의 몸 상태는 놀라울 정도로 좋아졌고 밥도 제대로 못 먹던 사람이 맛있게 밥도 먹고 심지어 걷지도 못해서 휠체어를 타고 다녔는데 휠체어도 타지 않고 스스로 잘 걸어다녔다. 의사는 그런 형의 몸 상태를 보고는 이렇게 말했다.

"태영이가 불과 며칠 전까지만 해도 심장이 멎고 혼수상태의 빠져서 거의 죽을 위기에 처했었는데 이렇게 깨어나서 의식도 되찾고 회복도 빠르게 돼서 걸어다니다니 이건 정말 기적입니다. 있을 수 없는 일이예요. 저도 의사 생활을 오랫동안 했지만 이런 보기 드문 경우는 처음이네요. 그래도 참 다행입니다."

아빠는 기적이라는 의사의 말을 듣고 정말 하나님께서 우리 가족에게 은혜를 입혀주신 건 아닐까 생각하며 감사해하고 있는데 의사가 고민이 있는 표정으로 조심스럽게 말했다.

"그런데, 한 가지 염려되는 게 있습니다."

갑자기 굳어진 의사의 표정에 아빠의 표정도 덩달아 굳어졌다.

"염려요?"

"현재 태영이 상태를 보면 이미 뇌가 절반 가까이 상해서 기능을 제대로 하지 못하고 있습니다. 다시 말해서 언제 다시 아프거나 병이 재발돼도 이상하지 않다는 말이에요. 정확하진 않지만 보통 이럴 경우에는 길어야 3년 정도 더 산다고 보시면 되는데 보통 3년 전에 죽거나 오래 살아도 성인이 되기 전에 다 죽습니다."

"선생님! 그게 무슨 말씀이시죠? 그럼 우리 태영이가 오래 살아도 3년밖에 더 못 산다는 말씀인가요? 그럼 3년 후에는 죽는단 말씀인가요?"

"꼭 그렇다는 건 아니지만 지금까지 상황으로 봤을 때는 그럴 가능성이 높다는 겁니다. 저희가 현재로서 할 수 있는 치료와 처방은 다 하겠지만 이게 병을 낫게 할 수 있는 건 아니기 때문에 미리 알려드리는 게 좋을 것 같아서 말씀드립니다."

아빠는 의사의 말에 순간 허탈한 표정을 지으며 좌절했다.

"그래도 지금 태영이에게 기적이 일어났으니까 또 한번의 기적이 일어나길 바라봅니다."

그날 밤 아빠는 형이 기적적으로 깨어나고 몸 상태가 좋아지게 된 것이 모두 교회 덕분이라고 철석같이 믿고 있었다.

평범은 힘들다

누구나 자신이 행복하게 살길 원하지만, 사실 하루하루 행복하게 살아가는 것은 생각보다 쉽지 않은 것 같다는 생각이 들었다. 왜냐하면 지금의 삶이 행복한지 모르기 때문이다. 사실 남들과 다를 바 없이 평범한 하루를 살아가는 것만으로도 행복한 삶이다. 그런데 사람들은 자신이 남들과 비슷하게 살거나 하루가 별일 없이 지나가면 재미없고 고리타분한 인생을 살고 있다고 느낀다. 남들보다 자신이 더 잘살아야지만 그것이 곧 행복이라 착각하며 자신을 계속해서 남들과 비교한다.

하지만 안타깝게도 열심히 노력해서 현재보다 발전하고 더욱더 잘사는 사람이 있는 반면에 충분히 자신의 삶에 만족하면서 행복하게 살아갈 수 있음에도 불구하고 신세한 탄하며 결국 현재에 만족하지 못한 채 불평불만하면서 불행하게 살아가는 사람도 있다. 물론 우리 가족도 예외는 아니었다.

엄마, 아빠는 형이 죽을 위기에 놓였다가 기적적으로 살았음에도 불구하고 형이 회복하고 다시 일상으로 돌아오자 다시 예전에 그래왔던 것처럼 틈만 나면 부부싸움을 했다. 싸움의 원인은 여러 가지가 있겠지만, 여전히 교회 문제였다. 아빠는 본인 입으로 하나님 덕분에 형이 기적적으로 살 수 있었다고 했음에도 불구하고 형이 제법 괜찮고 가정이 안정적으로 돌아오자, 교회에 가는 엄마에게 또다시 화를 내고 핀잔을 주었다.

그 무렵 할머니께서 혼자 지내시다가 몸도 많이 노쇠하시고 병원도 자주 가야 하는데 혼자서는 몸을 가누기가 힘들어 집을 정리하시고 우리 가족과 함께 살게 되었다. 예전부터 엄마가 교회에 가는 걸 별로 좋지 않게 보셨던 할머니는 처음에는 별말씀 없으시다가 엄마가 자주 집을 비우니 '이단에 빠져 집도 제대로 돌보지도 않는다'며 핀잔을 주셨다. 엄마는 최대한 할머니 눈치를 보면서 교회에 갔으나 할머니는 그런 엄마가 못마땅했는지 자주 나무라셨다.

그날도 엄마가 저녁 예배를 드리고 밤 10시가 다 돼서 집으로 돌아왔는데 방에 계시던 할머니께서 엄마에게 말씀하셨다.

"맨날 밤늦게까지 어딜 그렇게 갔다 오는 거냐? 도대체 집을 하나도 안 돌보고 애들 밥도 안 차려주고 그렇게 이단에 빠져서야 원. 제발 좀 정신 차려라!"

평소 같았으면 할머니 말씀에 죄송하다는 말과 함께 방으로 들어갔을 엄마인데, 그날따라 엄마도 기분이 상했는지 할머니 말을 받아치셨다.

"어머니, 제가 교회를 자주 가는 건 맞지만 그렇다고 집을 안 돌보진 않아요. 매일 교회 가기 전에 밥도 다 차려드리고 집도 정리하고 가는 걸요. 그런데 항상 그런 식으로 말씀하시는 게 좀 불편합니다."

엄마가 할머니에게 불편하다고 말하자 화가 난 할머니

는 언성을 높였다.

"지금 시애미한테 말대꾸하는 거냐? 그리고 밥을 차리긴 뭘 차려? 밥 시간이 되었을 때 차려야지. 지가 교회 가야한다고 일찍 차리고 나중에 식은 밥을 먹으라는 게 차리는거냐? 지금 뭘 잘했다고 어디서 말대꾸야?"

"솔직히 어머니 진짜 너무하시는 것 같아요. 식은 밥이라니요. 반찬은 다 해서 식탁에 먼지 들어가지 않게 덮개로덮어놓고, 국은 다 만들어 놓고 데워 드시기만 하면 되는거고 밥은 밥통에 따뜻하게 보온되고 있어서 그냥 퍼서 드시기만 하면 되는 건데 어려운 게 아니잖아요! 저도 어머니 최대한 배려해서 일부러 노력하고 하는데 그런 거는 하나도 몰라주시고 맨날 안 좋게만 보시니 답답하네요."

"그래? 그러니까 지금 너는 하나도 잘못한 거 없이 잘났고 괜히 너네가 잘살고 있는데 내가 내려와서 며느리가 못마땅해서 못살게 구는 못된 시어머니라는 거지? 그래! 아주 못된 시어머니 밑에서 힘들겠다! 이 못된 시어미가 괜히 내려와서 못살게 굴어서 미안하다!"

때마침 아빠가 퇴근 후 들어오면서 할머니와 엄마가 다

투고 있는 장면을 목격했고 할머니는 아빠를 보더니 몸을 만지시면서 아픈 표정을 지으시고는 말씀하셨다.

"애비야, 애미가 밥도 제대로 안 차려놓고 맨날 밖에만 돌아 댕기는 거 같아서 내가 좀 서운해서 이야기했더니 오히려 나보고 화를 내면서 괜히 내려와서 며느리를 못살게 구는 나쁜 시애미란다. 그래, 다 내 잘못이다. 내가 잘못했다. 이 못난 시애미가 괜히 너네 잘 살고 있는데 내려와서 못살게 굴어서 미안하다."

아빠는 할머니 말씀을 듣고는 갑자기 흥분하더니 엄마에게 화를 내면서 말했다.

"당신 미쳤어? 지금 아픈 어머니한테 그게 할 소리야?"

"아니에요. 어머니, 제가 언제 그렇게 말했나요?"

엄마는 본인이 화를 내면서 이야기한 게 아니라 그저 서운한 걸 이야기했다고 말하려고 했으나 아빠는 엄마의 말을 들어주지 않았다.

"시끄러워! 어디서 감히 지금 어머니한테 따지고 들려는 거야? 당신 나 없을 때 매번 어머니한테 이따위로 행동하는 거야? 어머니 아프신 거 뻔히 알면서 밥도 똑바로 안 차려주는 것도 모자라서 왜 내려오셔서 힘들게 하냐고? 그게 할 소리야? 진짜 가지가지 한다. 제발 적당히 좀 해라. 적당히 좀 해!"

"아니, 그게 아니라고요! 어머니 제가 언제 그렇게 이야기했나요? 제가 언제 어머니가 괜히 내려오셔서 힘들게 한다고 했어요. 저 그런 적 없어요. 저는 그저 제가 노력해도 마음을 몰라주시는 어머니에게 서운했다고 말씀드린 거예요."

엄마는 그게 아니라고 말했으나 아빠는 계속해서 엄마에게 화를 내면서 소리를 질렀고 결국 서로의 감정의 골만 깊어진 채 상황이 종료되었다.

나는 방에서 이 모든 상황을 듣고 싶지 않아도 조용히 엿듣고 있었는데 한바탕 싸움이 끝나고 엄마가 들어오더니 방문을 잠그고 조용히 내 옆에 누웠다. 그리고 이불을 덮고는 갑자기 소리 없이 흐느끼기 시작했다. 엄마의 울음소리를 가만히 옆에서 듣고 있는데 순간 과거에 아빠, 엄마가 싸우고 방에서 흐느껴 울던 엄마의 모습이 생각났고 그 순간 나도 모르게 갑자기 슬픔이 밀려와 눈물이 왈칵 쏟아져 내렸다.

'사는 게 왜 이리 힘든 걸까? 도대체 삶이란 무엇일까? 저렇게 매번 싸우고 서로를 비난하고 욕할 거면서 아빠, 엄마는 도대체 왜 결혼을 했을까? 그리고 나는 도대체 왜 태어났을까? 도대체 누구 잘못일까? 나를 낳은 부모님의 잘못일까? 아니면 태어난 내 잘못일까? 부부라는 건 항상 저렇게 서로를 헐뜯고 싸우는 게 맞는 걸까? 나도 남들처럼 평범하게 살 순 없는 걸까? 행복은 바라지도 않으니 그냥 평범하게 살아가는 것조차 안 되는 걸까?'

정말 오만가지 생각에 마음이 복잡했고 그 생각들을 떨쳐내고 싶었으나 오히려 떨쳐내려고 하면 할수록 더 깊이 파고 들어와 나를 고통스럽게 만들었다. 나는 많은 걸 바라지 않았다. 나는 내가 행복하길 바라지도 않았다. 하지만 그저 평범했으면 좋겠다고 생각했다. 아니, 적어도 슬프거나 불행하지 않았으면 좋겠다고. 평범한 것조차 어려워져 버린 이 현실이 너무 비참하고 싫었다. 이 지옥 같은 삶에서 벗어나고 싶었다. 아니면 아무도 모르게 그냥 사라져버렸으면 좋겠다고 생각했다.

그날의 기억

우리 가족은 각자가 제멋대로였다. 어른들은 늘 싸움장에서 서로를 어떻게든 깎아내리며 틈만 나면 싸우기 일쑤였고 집안 꼴은 당연히 제대로 돌아가지 않았다. '가족'이 아닌 그냥 '적'으로 어떻게든 서로를 죽이기 바빴다. 그러다 끝내 엄마, 아빠는 이혼서류에 도장을 찍었고, 함께했던 시간도 마침표를 찍고 남이 되었다. 차라리 애초에 둘이 결혼하지 않았더라면 각자의 위치에서 적어도 지금보단 더 잘살고 있었을지도 모른다.

그런데 참 이상한 건 분명히 엄마, 아빠가 이혼하는 날이었으면, 나한테도 충격적인 날이었을 것이고 그렇다면 내 기억 속에도 존재하고 있어야 하는데 아무리 기억을 떠올려 보려고 노력해도 도무지 생각이 안 난다. 정말로 누가 마치 내 기억 속으로 들어와 그날의 기억만 쏙 빼내거나 지워버린 것처럼 엄마, 아빠가 어떻게 이혼을 했고 헤어졌는지 기억이 나질 않는다. 내가 지금까지 겪은 고통스러웠던 수많은 시간은 기억하고 싶지 않아도 너무도 생생하게 기억이 나는데 이상하게 그날은 하나도 생각나질 않는다. 내가 기억하는 건 엄마, 아빠가 이혼했고 형과 나랑 동생은 아빠와 함께 살게 되었다는 것이다. 엄마랑 헤어지게 되었다면 엄마는 분명 우리에게 인사를 하고 갔을 텐데 엄마의 마지막 뒷모습조차도 생각나질 않는다. 아마 기억하고 싶지 않아서 그냥 내가 스스로 기억 속에서 지워버린 것 같다. 그런데 차라리 잘 됐다. 만약 그날을 기억하고 있었다면 오히려 더 고통스러웠을 텐데 기억하지 않는 편이 차라리 속 편하다.

사실 부모님이 이렇게 남보다 못한 사이로 계속 싸우면서 살 바엔 이혼해서 각자 스트레스 안 받으면서 사는 게 훨씬 낫다고 생각했다. 하지만 하나 아쉬운 건 나는 엄마랑 살고 싶었는데 아빠와 살게 되었다는 것이다. 아빠는 항상 무뚝뚝하고 권위적인 존재였고, 그에 비해 엄마는 다정했기 때문에 내가 엄마를 좋아하는 건 당연했다. 그래서 나는 이혼 전에 누구랑 살고 싶냐고 물어보았을 때도 엄마와 함께 살고 싶다고 끝까지 이야기했으나, 결국 양육비를 두고 서로 합의를 하다가 끝내 합의점을 찾지 못했고 아빠에게 남게 되었다.

사실 어릴 때 부모님에게 따뜻하게 사랑을 받았던 기억은 별로 없다. 하지만 그래도 '엄마'라는 존재는 내게 항상 따뜻했다. '엄마'라는 존재를 생각하면 괜히 가슴이 먹먹해지거나 뭉클해진다. 지친 마음을 달래주고, 각박하고 차가웠던 마음을 살포시 녹여주는 그런 따뜻한 존재다. 우리 모두가 세상에 태어나기 전, 10달 동안 엄마 배 속에서 온기를 느끼면서 함께 지냈기 때문이고, 태어나서도 엄마의 손길을 제일 많이 느꼈기 때문이다. 내가 부모님에게 사랑을 받았든 안 받았든 엄마는 내가 기쁠 때나 슬플 때나 언제나 기대고 의지할 수 있는 존재였고, 내가 편안히 쉴 수 있는 '안식처'였다. 이제 그런 존재가 내 곁에서 사라지게 되었다는 게 가장 슬프고 이 험난한 삶을 살아가야 하는 게 막막하고 두렵기만 했다.

내 선택과 상관없이 이런 일이 일어났고 이제 나는 엄마 없는 자식이 되었다. 하루는 아빠가 나와 형과 동생을 앉혀 놓고 말했다. 절대 엄마 없는 자식 소리 듣지 않게 열심히 키울 거라고. 하지만 아빠가 아무리 엄마 없이 우리를 잘 키우고 주변에서 나를 엄마 없는 자식이라 생각하지 않는다고 해도 나는 엄마 없는 자식이 맞는데 그게 과연 무슨 큰 의미가 있을까 싶었다. 누구도 나의 텅 비고 공허한 마음을 채울 수 없다. 어떤 누구도 엄마를 대신 할 수는 없다.

한번은 할머니가 내게 그랬다. 돈 때문에 널 데려가지 않았다고, 너희를 그저 돈으로 생각한다고. 하지만 나는 그렇게 생각하지 않는다. 엄마가 우리를 돈으로 생각한 게 아니라, 그저 할머니가 얄미워서 돈을 줄 수 있음에도 주지 않은 거다. 그러니까 결론은 엄마가 나쁜 사람이 아니라는 것이다. 물론 아빠의 입장도 이해가 된다. 자식이 나 혼자가 아니기 때문에 아빠는 형과 동생을 생각하면서 결정하는 것이 맞다. 하지만 적어도 나의 마음을 조금이라도 이해하고, 나의 행복을 조금이라도 생각했다면 나를 엄마에게 보내주는 게 맞았다. 하지만 애초부터 그런 건 없었다. 나는 내 뜻과는 전혀 반대로 남게 되었고 그 삶에 적응해서 살아야 했다.

어찌됐든 그날의 기억은 나에게 존재하지 않는다. 기억하고 싶지도 않다. 그냥 이제 엄마 없이 살아야 하는 이 삶이 외롭게만 느껴질 뿐이었다.

괜찮지 않은데 괜찮은 척

부모님이 이혼하고 고모는 우리 집에 살면서 가사를 돌보고 우리의 뒷바라지를 하며 엄마 역할을 했다. 하지만 고모가 우리를 위해 희생하고 열심히 노력해도 당연히 엄마의 빈자리는 채울 수 없었고 고모가 노력하면 할수록 엄마가 더욱더 그리워졌다.

그런 나의 모습이 티가 났는지 할머니는 내게 여기서 계속 살 거면 빨리 적응하라고 하시면서 그게 내가 잘 크고 잘 살 수 있는 방법이라고 훈계를 하셨다. 나는 내 마음을 뻔히 알면서도 그렇게 말하는 할머니가 너무 미웠다. 하지만 할머니 말씀대로 내가 뭘 어떻게 할 수 있는 방법이 없었다. 내가 싫다고 해서 집을 나가 엄마에게 간다고 해도 분명히 엄마는 양육비 문제로 다시 돌려보낼 게 뻔했고 그렇다고 아직 11살밖에 안 된 내가 집을 나가서 혼자서 살기엔 당장 오늘 저녁밥과 잠을 잘 곳도 없는 세상이 너무 무서웠다. 그래서 내가 선택한 최선의 방법은 최대한 티 내지 않고 아무렇지 않은 척 지내는 것이었다.

사실 아빠와 살면서 매일매일 지옥이었다. 왜냐하면 흔히 말하는 '집'이라는 공간은 지친 몸과 마음을 편안하게 달래고 쉴 수 있는 공간이어야 하는데 내가 학교 갔다 돌아오면 불편한 고모나 할머니는 언제나 집에 있었고 그들과 함께 밥을 먹고 한곳에서 지낸다는 게 내겐 정말 지옥과도 같았다. 아니, 정확하게 말하자면 그들과 사는 게 지옥이라기보다 엄마가 없는 삶이 지옥이었다. 하지만 그것보다 더 힘든 건 내가 내 마음대로 감정표현을 할 수 없다는 것이었다. 내가 우울하거나 슬픈 일이 있어도 나는 항상 괜찮은 척 태연하게 표정을 지어야 했고 아무렇지 않은 척 행동해야 했다. 왜냐하면 내가 슬프거나 우울한 표정을 지으면 당연히 할머니는 핀잔을 주실 게 뻔했고 고모도 괜히 내가 고모를 불편하게 생각해서 저런 표정과 행동을 하는 거라고 생각할 게 뻔했기 때문이다. 그래서 나는 집에 오면 최대한 자연스럽게 말하고 행동했다. 학교에서 어떤 일이 있더라도, 내 기분이 다운된다고 해도 집에 들어가면 아무 일도 없었던 것처럼 의연하게 지냈고, 집에 일찍 들어가고 싶지 않아서 최대한 늦게까지 친구들과 실컷 놀다가 마지막까지 남은 친구가 엄마가 불러서 집에 가야 한다고 손을 흔들면 그제야 집으로 돌아왔다. 그렇게 집으로 들어오면 나는 최대한 자연스럽게 행동하고 말하며 항상 괜찮은 척 행동했다.

그뿐만 아니라 아침에 학교에 갔을 때도 마찬가지였다. '엄마 없는 자식'을 만들지 않겠다던 아빠의 말처럼 나도 '엄마 없는 자식'이라는 타이틀을 가져가고 싶진 않았고 그래서 집을 나와 학교에 가도 최대한 세 보이게 행동했다. 사실 속으로는 여리고 겁이 많지만, 애들이 나에게 함부로 말하거나 행동할 수 없게 말투나 행동을 다소 거칠게 했으며 최대한 많은 친구와 어울리면서 내 이미지를 스스로 만들어갔다.

내가 친구들에게 좋은 이미지를 유지하는 데 도움이 되었던 것 중 하나가 바로 아빠가 PC방을 운영하는 것이었는데, 학교가 끝나고 친구들에게 공짜로 게임을 시켜주겠다면서 애들을 3~5명 정도 모아 자주 아빠 PC방에 놀러 갔고 아빠는 내가 친구들을 데리고 오면 공짜로 게임을 시켜주고 과자와 음료수를 주면서 최고의 서비스로 친구들을 반겨줬다. 그래서 나는 자연스럽게 친구들 사이에서 인기가 많았고 또 축구를 좋아했던 터라 친구들과 원만한 관계를 유지할 수 있었다.

하지만 내가 밝고 쾌활한 척할수록 내 마음은 더 어두워져만 갔고 아무도 들여다볼 수 없는 저 깊은 곳 어딘가에는 아물지 않은 상처로 인해 더욱더 외롭고 슬퍼졌다. 겉으로 드러나는 나의 모습과 전혀 다른 나의 진짜 마음에서 오는 괴리감과 절망감, 누구에게도 이야기하지 못하고 그저 혼자 꽁꽁 가지고 있으면서 스스로에게 질문하고 그걸 다시 부정으로 받아치는 시간이 길어지면서 더욱더 외롭고 힘들었다.

하지만 나의 고민에 대해서 해답을 내려줄 수 있는 존재는 내 주변에 아무도 없었다. 집에 오면 내 마음을 헤아려주거나 알아줄 존재가 단 한 명도 없었고, 학교에 가서 이걸 친구나 선생님에게 말하자니 금세 소문나서 놀림감이 될 게 뻔했기 때문에 절대 말할 수가 없었다. 그래서 나는 항상 혼자 있을 때면 부정적인 생각에 사로잡혀 나의 존재와 나의 삶을 부정하고 한탄하며 괴로운 시간을 보냈다. 참 안타까웠던 건 내 동생도 나와 비슷했다는 것이다. 엄마, 아빠가 이혼할 당시 동생은 5살이었는데 한창 엄마 품에 안겨 자랄 나이에 그러질 못해 동생은 엄마를 자주 그리워했다.

그래서 나와 동생은 틈만 나면 엄마를 보러 갔다. 그때 당시에 엄마는 어느 좁은 골목길에 현관문도 제대로 안 달리고 심지어 도어락도 없고 문을 열면 끼이이익 하고 이상한 소리가 들리는 철문과 방에 들어가면 다 뜯어진 장판과 벽지, 그리고 구석에는 벌레들이 기어다니는 다 낡아빠진 집에 방 하나를 얻어서 살고 있었는데 그러거나 말거나 나와 동생은 그저 엄마를 보러 간다는 것에 매우 행복했고 동생은 엄마를 만나면 하루종일 엄마에게 안겨 얼굴로 엄마 몸을 막 사정없이 비비고 볼에 뽀뽀를 하면서 어리광을 부렸다.

그러다 집으로 돌아갈 시간이 되면 동생은 갑자기 닭똥 같은 눈물을 흘리며 집에 가기 싫다고 하면서 그냥 엄마랑 함께 살면 안 되냐고 떼를 썼다. 엄마는 경제적으로 여유가 없어 같이 살 형편이 안 된다며 미안하다는 말과 함께 집으로 돌려보냈다. 동생은 그렇게 엄마와 헤어지고 집으로 오는 내내 계속 눈물을 흘렸다. 그러다 하루는 운 채로 집으로 들어가게 되었는데 할머니께서 울면서 들어오는 동생을 보더니 혼을 내시면서 말씀하셨다.

"막내! 너가 엄마 보고 싶어서 보내줬더니 왜 울면서 들어오는 거야? 이 할미가 너 원하는 거 해달라는 대로 해줬는데 그렇게 울면서 들어오면 할머니가 마음 편히 보내주고 싶을 것 같아? 한 번만 더 그렇게 울면서 들어오면 다시는 엄마한테 안 보낼 줄 알아! 알겠어?"

할머니는 울면서 들어온 동생에게 오히려 강하게 말씀하시면서 동생을 혼내셨다. 동생은 할머니에게 혼난 후로 다시 엄마에게 놀러갈 때면 예전과 똑같이 엄마에게 하루 종일 달라붙어 어리광을 부리다 집으로 돌아갈 시간이 되면 엄마와 헤어지고 싶지 않아서 또다시 엄마 소매를 붙잡으며 같이 살게 해달라고 졸랐다. 그럴 때마다 나는 동생을 타이르며 집으로 데려왔는데 동생이 집으로 들어가기 전 갑자기 예전에 하지 않던 이상한 행동을 했다. 집으로 들어가기 전 현관문 앞에 서서 갑자기 눈물을 억지로 참아내며 손등으로 얼굴을 닦고는 아무렇지 않은 척 웃는 표정을 짓는 것이었다. 그리고 집으로 들어가서는 마치 아무 일도 없었던 것처럼 할머니에게 잘 다녀왔다고 어리광을 부렸고 할머니는 그런 동생을 반겨주시면서 흡족해하셨다.

나는 그런 동생을 보면서 직접 물어보진 않았지만 아마도 나와 비슷한 마음일 거라고 짐작했다. 동생도 엄마가 없어 슬프고 외롭지만 그래도 자신이 그 감정을 드러내면 사랑하는 엄마를 볼 수 없게 돼서 자신이 더욱더 슬퍼지기 때문에 안간힘을 쓰면서 억지로 자신의 감정을 숨기고 또 숨겼을 거라고. 생각해 보면 참 안타깝다. 나와 내 동생은 자신의 생각과 감정을 마음껏 표출할 나이임에도 불구하고 혹여나 자신에게 피해가 갈까 봐 할 수만 있다면 최대한 감정을 숨기고 또 숨겼다. 하지만 그러면 그럴수록 마음은 점점 더 외로워졌고 어두워졌으며 점점 부정적으로 변해가고 고립되어만 갔다.

마땅한 방법이 없었다. 이게 우리가 살아가야 할 최선의 방법이자 이렇게 살아야지만 다른 사람들에게 밉보이지 않고 살 수 있었다. 내가 조금만 참고 견디면 편할 수 있으니까. 그러면 되는 거니까. 그렇게 나는 겉으로는 괜찮은 척하면서도 마음속으로는 언제라도 눈물이 왈칵 쏟아져 내릴 것처럼 항상 슬펐고 가슴이 미어터질 것처럼 아팠으나 들키고 싶지 않았기에 항상 괜찮지 않아도 괜찮은 척했다.

헛된 희망

　나는 어릴 때부터 운동장에서 친구들과 축구하는 걸 굉장히 좋아했다. 어느정도로 좋아했냐면 아침에 등교해서 아침 조회를 하기 전까지 운동장에서 축구를 하다가 교실로 들어갔고 종례가 끝나면 집으로 바로 안 가고 항상 친구들과 운동장에서 모여 팀을 나눈 다음 2~3시간씩 볼을 찼으며 그렇게 땀을 뻘뻘 흘리고 나야지만 하루를 끝마치는 기분이 들었다. 그렇게 꾸준히 축구를 하다가 속초로 이사를 했고 학교를 옮긴 후에도 매일매일 축구를 했다. 그러다 하루는 체육 시간에 내가 축구하는 모습을 본 체육 선생님이 축구부 입단을 제안하셨고, 당연히 축구라면 자다가도 벌떡 일어났던 나였기에 곧바로 선수생활을 하게 되었다.

축구부에 입단해서 1년 정도 선수생활을 하고 있었는데 부모님이 이혼하는 과정에서 잠깐 그만두었으나 다행히 선수생활은 계속할 수 있었다. 사실 내가 축구를 열심히 했던 이유는 당연히 축구를 사랑한 것도 있지만, 그것보다 부모님이 이혼하고 나서 어떤 것에도 마음을 두지 못하고 방황하고 있었는데, 그런 나에게 살아가는 의미를 알려주고 동기부여를 할 수 있게 도와준 것이 축구였기 때문이었다. 축구화를 신고 볼을 찰 때만큼은 엄마 생각이 하나도 나질 않았고 오로지 축구에만 집중할 수 있었다. 그래서인지 나는 더욱더 축구에 빠져들었고 내가 살아가는 이유가 오직 이거 하나뿐이라는 간절한 마음으로 열심히 볼을 찼다. 그 덕분에 축구를 엄청 뛰어나게 잘하는 건 아니었지만 감독님 눈에 들 수 있었고 다른 친구들과는 달리 '왼발잡이'라는 특이점 덕분에 경기에도 자주 출전해서 실력을 늘려갈 수 있었다.

하루는 학교에서 합숙을 하며 열심히 도대회를 준비하고 있었는데 시설관리공단 축구부에서 감독님과 코치님이 오시더니 전국대회를 준비하는데 용병이 필요하다며 우리 학교 축구부 감독님을 만나 이야기를 하면서 나를 용병으로 쓰길 바랐고 감독님은 나에게 의사를 물으시고는 내가 승락하자 그렇게 하라고 말씀하셨다.

솔직히 전국대회랑 도대회를 동시에 준비한다는 게 많이 부담스러웠지만 내가 그 제안을 망설이지 않고 승락한 건 다 이유가 있었다. 첫 번째는 사실 '속초'라는 작은 도시에서 날고 기어봤자 그때 당시 대한민국 최고 스타였던 박지성 선수처럼 유명한 선수가 절대 될 수 없다고 느꼈고 돈이나 지연이 없는 나로선 어떻게든 서울이나 다른 광역시처럼 사람이 많은 곳으로 가서 축구를 해야지 발전할 수 있다고 느꼈다. 그래서 전국대회에 참가하게 되면 전국 각지에서 많은 팀과 감독님들이 오니까 거기서 눈에 띄면 더 큰 무대로 갈 수 있다는 희망을 품었기 때문이다. 그리고 현재의 삶에서 너무 벗어나고 싶었다. 엄마가 없는 매일이 지옥 같고 괴로워서 차라리 가족들과 멀리 떨어져 혼자 살면서 내가 좋아하는 축구만 하며 지내는 게 더 편할 것 같았다. 그렇게만 된다면 정말 소원이 없을 만큼 간절했고 그렇게 나는 아무런 거리낌 없이 감독님 제안에 승락하고 아빠에게 이 사실을 알렸다. 아빠에게도 소식을 알리자 내가 생각했던 것보다 반응이 괜찮았다. 사실 아빠는 내가 축구부에서 선수생활을 하는 동안 여유가 없어서 한 번도 경기를 보러 온 적이 없었는데 이번에는 전국대회랑 도대회에 나간다고 하니까 아빠도 시간 내서 경기를 보러 온다고 했다. 나는 그런 아빠 앞에서 내가 얼마나 축구를 잘하는지 실력으로 증명하고 싶었다.

하루하루 대회는 점점 다가왔고 그날도 어김없이 연습을 하고 있었는데 사고가 발생했다. 도대회를 준비하고 있던 우리 학교 축구부와 전국대회를 앞둔 시설관리공단 축구부랑 함께 연습경기를 진행하고 있었는데 나는 두 대회를 동시에 준비했어야 했기 때문에 우리 학교팀에서 한번 경기를 뛰고 그다음 반대쪽 팀에서 경기를 뛰었다. 그렇게 여러 사람과 호흡을 맞추던 중 후배가 나에게 태클을 걸어 그 발에 걸려 그대로 넘어지고 말았다. 넘어지면서 땅을 잘 못 짚은 바람에 무게중심이 넘어진 쪽과는 반대쪽으로 쏠렸고 그대로 팔만 바닥을 짚은 채 몸이 반대쪽으로 한 바퀴 돌아가고 말았다. 그 순간 머리가 너무 아파서 '악!' 하고 소리를 질렀고 경기는 중단되었다. 쓰러져서 아파하고 있는데 태어나서 처음 겪는 고통이라서 아무런 생각이 들지 않았다. 잠깐 정신을 차리고 보니 팔은 이미 한 바퀴가 돌아간 채로 팔꿈치 뼈가 튀어나오려는 것처럼 보였다. 순간 그 모습을 보자 너무 깜짝 놀라서 기절할 뻔했는데 코치님께서 달려오셨다.

"태환아, 괜찮아?"

당연히 나는 아무런 대답 없이 신음을 내며 고통을 호소했고 코치님은 내 팔을 살포시 들어 팔꿈치를 살펴보시고는 벌떡 일어나 감독님이 계신 벤치 쪽으로 엑스 표시를 하시더니 곧바로 나를 차에 태워 병원으로 이송했다. 병원에 가는 동안 너무 정신이 없어서 코치님이 대화를 시도해도 아무 말도 못하고 신음만 내며 깊은 숨을 몰아쉬고 있었는데 차가 방지턱을 넘을 때마다 누군가 쇠망치로 팔을 세게 후려치는 것 같은 고통이 느껴졌고 뼈가 으스러지듯이 아팠다. 그렇게 인근 병원에 도착하자마자 응급실로 향했고 흰머리에 돋보기안경을 쓴 늙은 의사가 와서 별다른 준비 동작 없이 갑자기 팔을 들어 여러 군데를 살피고 만지더니 갑자기 옆에 있던 간호사에게 마취를 지시했다. 간호사가 마취약이 담긴 주사를 투여하자마자 의사는 두 팔로 내 팔목과 팔뚝을 잡고는 있는 힘껏 빨래 짜듯이 돌려버렸다. 그 순간 정말 하늘이 노랗게 변하면서 병원이 다 떠나갈 듯 비명을 질렀고 잠시 의식을 잃을 뻔했으나 간신히 정신을 부여잡고 있는데 의사의 목소리가 들려왔다.

"다 됐어! 잘 참았어."

의사는 반대로 돌아갔던 내 팔을 강제로 돌려서 다시 제자리로 만들어 놨고 곧바로 나는 입원 수속을 밟았다. 병실로 이동해 환자복을 갈아입고 누워있는데 감독님에게서 내가 다쳤다는 소식을 전해 들은 아빠가 하던 걸 멈추고는 곧장 병원으로 왔고 나를 보자마자 걱정 어린 표정을 하고는 괜찮냐고 물으며 상태를 확인했다. 하지만 이미 아픈 건 한시름 지나간 뒤였고 수술만 기다리고 있었던 터라 괜찮다고 말했다. 나는 그날 저녁부터 아무것도 먹지 않고 공복으로 대기했고, 자고 일어나 아침이 되자마자 곧바로 수술실로 들어갔다. 수술실에 들어가자 어제 내 팔을 강제로 비틀어버린 의사가 분주하게 준비를 하고 있었고, 나의 긴장을 풀어주기 위해 계속 말을 걸었다. 그리고 잠시 후 선생님은 별일 없을 거니까 긴장하지 말라며 장난 섞인 말투로 나에게 또다시 말을 걸어왔고 그 말에 반응하려는데 갑자기 선생님의 얼굴이 흐려지더니 그대로 의식을 잃고 말았다.

눈을 떠보니 아빠가 정신 차리라면서 나를 흔들어 깨우고 있었고 병실인 듯했다. 몇 분 뒤 약 기운이 빠져서 정신을 차리고 보니 병실이 맞았고 나는 전신마취를 해서 의식을 잃었다가 깨어난 지 얼마 안 된 상태였다. 아빠가 몇 분 동안 나를 계속 흔들면서 괜찮냐고 물었는데 아빠가 하도 흔들어서 그런지는 몰라도 갑자기 속이 메스꺼웠다. 그렇게 마취가 풀리길 기다리며 정신을 차리고 있었는데 의사가 오더니 아빠에게 말했다.

"수술은 잘 끝났습니다. 사실 수술 전에 차트로 확인했을 때는 팔이 돌아가면서 뼈랑 인대뿐만 아니라 성장판까지 건드려서 수술을 한다고 해도 자칫하면 팔이 안 자랄 수도 있었는데 다행히 별 탈 없이 수술은 잘 되었습니다. 퇴원은 살이 아문 뒤에 하고 계속 병원 와서 통원치료 좀 받다가 철심이랑 깁스 풀고 나서 재활치료 받으면 괜찮아질 거예요."

나를 수술했던 의사는 그 병원에서 수술 경험이 가장 많은 베테랑 의사였고 다행히 수술은 잘 되었다. 수술을 마치고 병원에 쭉 입원해 있는데 때마침 내가 속해있는 팀의 전국대회가 시작하는 날이었고 외롭게 혼자 있을 나를 위해 친구는 영상통화를 걸어 친구들이 뛰는 경기를 보여주면서 경기를 생중계해주었다. 그걸 가만히 보고 있자니 순간 다쳐서 병원에 입원해 있는 내가 너무 비참하다는 생각이 들었다. '바보같이 병원에 누워있을 게 아니라 저기서 마음껏 뛰고 있어야 했는데…'라는 생각에 도대체 내 인생은 뭐 하나 제대로 되는 게 없이 항상 꼬이기만 하는 것 같다는 느낌이 들었다. 그냥 모든 게 다 원망스러웠다.

퇴원을 하고 3개월이라는 시간이 흘렀다. 깁스도 풀고 재활치료를 하면서 초등학교 졸업만을 앞두고 있는 상황이었다. 그런 와중에 참 감사했던 건 내가 깁스를 하고 풀기까지 3개월 이상 축구를 하지 못했는데도 축구부 감독님이 나를 계속해서 선수로 키우기 위해 학교에다 말해서 졸업할 때 축구부 대표로 상도 받게 해주셨고, 이미 중학교 축구부 감독님도 만나 중학교에 입학한 후에도 무난하게 선수생활을 할 수 있게 도와주셨다. 무사히 졸업하고 집에서 병원에 다니며 꾸준히 재활치료를 하고 있었는데 하루는 감독님으로부터 전화가 걸려왔다.

"여보세요?"

"네, 안녕하세요. 태환이 아버님! 태환이 초등학교 축구부 감독입니다."

그때 나는 방에서 휴대폰을 만지고 있었는데 아빠가 "감독님!"이라고 말하는 반가운 소리에 폰을 이불에 던져놓고는 곧바로 거실로 나가 아빠 뒤에 조용히 앉아 감독님과 아빠가 하는 이야기를 들었다.

"아버님 다름이 아니라 요즘 태환이 몸 상태는 어떤지 궁금해서 연락드렸습니다. 현재 재활치료는 잘 받고 있나요?"

"네, 감독님. 다행히 깁스를 푼 지 한 3주 정도 되었고 지금은 매일매일 병원에 다니면서 재활치료랑 물리치료를 병행하고 있습니다."

"그래도 참 다행입니다. 생각보다 태환이 몸 상태가 빠르게 회복되고 있는 거 같아서요."

나의 관한 이야기를 하면서 감독님과 아빠는 화기애애한 분위기 속에서 대화를 이어갔고 그러다 감독님께서 조심스럽게 물었다.

"아버님. 사실 태환이가 졸업하기 전에 다쳐서 축구를 쉰 지 벌써 몇 개월이 지났잖아요. 사실 태환이 또래 애들은 이미 졸업하고 한 달 정도만 쉬다가 축구부에 들어와서 합숙하면서 시즌 전에 몸 상태를 끌어올리기 위해 준비하고 있거든요. 그래서 조심스럽지만 제 생각엔 태환이도 여기 와서 합숙하면 어떨까 싶은데 아버지 생각은 어떠신가요?"

감독님의 말씀을 듣고 아빠는 방금 전까지 화기애애한 분위기는 저리 가라 싶을 만큼 다소 차가운 말투로 대답했다.

"아픈 애를 운동시키시자는 말씀이신가요?"

감독님은 당황한 듯 "아, 아버님 그 뜻이 아닙니다. 오해 말고 들어주세요. 제 말은 현재 태환이가 또래 친구들의 비해서 너무 오래 쉬었고 그러다 보면 경기 감각이나 몸 상태도 떨어질 수 있어서 여기 와서 같이 합숙하면서 친구들이 하는 것도 옆에서 지켜보고 태환이가 할 수 있는 기본적인 코어운동이나 감각을 잊지 않게 기본기 정도만 하면 어떨까 해서 말씀드린 겁니다. 사실 그렇게 안 하면 태환이가 뒤처질 수가 있거든요." 하고 말씀하셨다. 그러자 아빠는 조금 흥분한 말투로 받아쳤다.

"치료는 어떡하고요? 애가 지금 팔도 제대로 굽히거나 펴지도 못하는데요?"

아빠의 목소리는 점점 커졌고 감독님은 그런 아빠를 진정시키기 위해 조곤조곤한 목소리로 자신 있게 대답했다.

"아버님 치료는 걱정 안 하셔도 됩니다! 저희가 데리고 있으면서 저희 쪽에서 잘 알고 있는 물리치료사들을 통해서 태환이 재활이랑 물리치료는 책임지고 잘 받게 하겠습니다. 그래서 태환이가 완벽하게 낫고 건강하게 축구할 수 있게 하겠습니다. 그러니 그런 걱정은 안 하셔도 됩니다!"

자신있어 하는 감독님의 말을 듣고도 아빠는 별로 내키지 않았는지 퉁명스러운 말투로 대답했다.

"말씀은 잘 알겠지만 저는 태환이가 완벽하게 낫기 전까지는 절대 축구 안 시킵니다."

아빠가 완강히 반대하자 감독님도 서운하셨는지 조금 기분 상한 말투로 대답했다.

"저는 태환이 미래를 생각해서 말씀드린 겁니다. 태환이가 치료받는다고 하면서 계속 지금처럼 혼자 있으면 실력이 늘기는커녕 오히려 실력이 떨어질 거예요. 다 낫고 온다고 해도 당연히 떨어진 실력을 한 번에 끌어올리긴 힘들고요. 그러다 보면 당연히 태환이만 더 힘들어집니다. 애들은 경기를 계속 뛸 텐데 태환이는 주전 경쟁에서 밀리고 벤치 신세만 진다면 본인만 힘들어요. 저는 그걸 아니까 태환이를 위해서 이렇게 실례를 무릅쓰고 말씀드린 거고요."

감독님도 조금 불편한 기색을 비추면서 말하자 아빠는 갑자기 화를 내면서 말했다.

"저기 감독님! 다시 한번 말씀드리지만, 저는 태환이 팔이 완전히 다 낫기 전까지 절대로 축구 안 시킬 겁니다. 아니, 어떤 부모가 자식이 다쳐서 팔도 제대로 사용하지도 못하는데 운동을 시키겠습니까? 정신 나간 부모나 그렇게 하지 저는 절대 그렇게 못 합니다. 그리고 자꾸 그렇게 말씀하시면 다 나아도 축구 안 시킬 수도 있으니까 그만하시고 다 나으면 그때 건강하게 보내드리겠습니다."

그때 나는 조용히 앉아서 스피커 너머로 들려오는 내용을 듣고 있었는데 분위기가 점점 험악해지면서 이상하게 흘러가고 있다는 걸 느꼈고 아빠 몰래 조용히 자리에서 일어나 살금살금 방으로 들어와 문을 닫고 이불을 덮고 앉았다. 뒤이어 아빠는 감독님께 소리를 지르고는 그냥 전화를 끊어버렸다. 그 순간 시간이 멈춰버린 것처럼 정적이 흘렀고 나는 무언가 잘못되었다는 걸 직감했다. 그러다 갑자기 아빠가 흥분한 발걸음으로 내 방 쪽으로 걸어오는 소리가 들렸고 그 순간 엄청난 두려움이 쓰나미처럼 밀려오면서 몸이 벌벌 떨렸다. 아빠는 힘을 잔뜩 신고 문을 '벌컥' 열더니 마치 호랑이처럼 잡아먹을 듯한 무서운 표정으로 나를 쏘아보면서 말했다.

"너 이 새끼, 앞으로 축구에 '축'자만 꺼내면 가만 안 놔

103

둘 테니 그렇게 알아!"

군인 출신이자 매사 권위적인 아빠는 흥분하면 물불을 안 가리는 성격이었다. 아빠가 내 방을 나가고 한동안 어안이 벙벙했다. 그러다 문득 나의 축구 인생이 끝났다는 걸 직감했고, 그게 몸으로 느껴지면서 누군가 내 눈물샘의 수도꼭지를 튼 것 마냥 눈에서 눈물이 마구 쏟아졌다. 아빠가 내 모습을 보기라도 하면 나를 가만두지 않을 게 뻔하다는 생각이 들었고 나는 곧바로 자리에서 일어나 방문을 열고 화장실로 뛰어들어갔다. 화장실 문을 잠근 후 세면대를 틀자 '촤아아악' 소리를 내며 수도꼭지에서 물이 흘러나왔고 나는 그 소리에 맞춰서 참아왔던 호흡을 뱉어내며 눈물을 쏟아냈다. 그렇게 몇 분 동안 한참을 울다가 앞에 있던 거울을 보았는데 거울 속 내 모습은 정말 볼품없고 한심했다. 눈은 눈물을 쏟아내 이미 벌겋게 충혈되어 있었고 입에는 코에 있던 콧물이 눈물과 함께 섞여내려 짠맛이 느껴졌으며 어느 누가 나를 본다고 해도 불쌍하게 여길 만큼 초라하기 짝이 없었다.

그렇게 한참을 울다가 티를 내지 않기 위해 세면대에 찬물을 가득 받고는 숨을 깊게 들이마시고 호흡을 멈춘 뒤 얼굴을 그대로 찬물에 담갔다. 그렇게 얼굴을 담그고 있는데 그냥 이대로 죽어버렸으면 좋겠다는 생각이 올라왔다. 그냥 이참에 죽어버리자는 생각에 안간힘을 버티면서 참을 수 있을 때까지 숨을 참았다. 하지만 오래 버티지 못했고 고개를 들자 거울을 통해 초라한 내 모습이 또다시 비쳤다. 그 순간 나는 내 머리를 마구 때리기 시작했다. 왜 그랬는지는 정확히 기억은 안 나지만 그냥 뭐 하나 제대로 되는 게 없다는 생각에, 이렇게 된 게 다 내 탓이라는 생각에 있는 힘껏 머리를 마구 때렸다.

며칠 후 아빠는 미안했는지 감독님에게 정식으로 인사드리고 그만두기 위해 약속을 잡았고 집을 나서면서 내게 말했다.

"오늘 감독님 만나서 전에 있었던 일 사과드리고 지금까지 너 잘 지도해주셔서 감사 인사드리러 갈 거야. 너도 감독님 만나면 지금까지 잘 해주셔서 감사하다고 꼭 인사드려. 그리고 다시 말하지만 축구는 이제 그만 하는 거야. 알겠어?"

그렇게 아빠는 집을 나와 고급 양주점에 들르더니 거기서 제일 맛있어 보이고 고급진 양주 한 병을 사서 예쁘게 포장하고는 감독님을 만나기 위해 식당으로 향했다. 식당에 들어가자 감독님은 먼저와 앉아계셨고 감독님은 아빠를 보더니 자리에서 일어나 인사를 건넸다.

"태환이 아버님, 안녕하세요."

"아, 네 감독님. 먼저 와 계셨네요! 기다리게 해서 죄송합니다."

"아닙니다! 저도 방금 도착했네요. 태환이도 왔구나!"

감독님은 아빠와 어색한 인사를 하고는 나를 보더니 반가운 표정을 지으며 인사를 건넸고 나도 감독님께 반갑게 인사하고 싶었으나 옆에 있던 아빠가 눈치 보여 쭈뼛한 자세로 인사했다. 그날 우리는 소고기를 시켰고 나는 소고기를 많이 먹어보지 못했기에 소고기가 그렇게 맛있는 음식인지 잘 몰랐는데 먹다 보니 너무 맛있어서 오늘이 가장 슬픈 날이라는 걸 잠시 잊고는 고기를 허겁지겁 먹었다. 그렇게 고기를 먹고 있는데 아빠가 먼저 이야기를 꺼냈다.

"감독님, 전에는 제가 순간적으로 너무 흥분해서 감독님

게 실례를 한 것 같습니다. 정말 죄송합니다."

감독님은 아빠의 말이 떨어지기 무섭게 전혀 아니라는 표정과 함께 손사래를 치며 대답했다.

"아휴, 아닙니다, 아버님. 당연히 아버님 입장에서는 그러실 수 있다고 생각해요. 저도 끊고 보니까 제가 너무 선부르게 행동한 게 아닌가란 생각을 했어요. 그땐 저도 죄송합니다."

그렇게 두 사람은 지금까지 있었던 일을 기분 좋게 화해했고 맛있게 식사를 하며 좋은 분위기를 이어갔다. 그리고 모두가 밥을 다 먹었을 때쯤 아빠는 아까 샀던 양주를 꺼내며 말했다.

"감독님, 이거 별거는 아니지만 지금까지 태환이 잘 지도해주셔서 감사하다는 의미로…."

감독님은 아빠의 선물을 보더니 조금 당황한 표정을 지었다. 그리고 아빠가 준 선물을 받고는 무엇을 생각하는지 잠깐 동안 아무 말 안 하고 고민하시더니 갑자기 입을 열었다.

"아버님, 선물은 참 감사합니다. 하지만 제가 이걸 받으면 태환이가 더 이상 축구를 안 하는 게 확실시되니까 마지막으로 태환이에게 한번 물어보고 싶습니다. 태환아, 감독님이 하는 말 잘 들어. 나는 너를 오래 본 건 아니지만 지금까지 너를 옆에서 가르치면서 지켜본 결과 나는 네가 축구에 재능이 있다고 생각해. 그래서 솔직히 지금도 나는 네가 포기하지 않고 축구를 계속했으면 좋겠어. 그니까 감독님이 한번 진지하게 물어볼게. 너 진짜 축구 그만둘 거야?"

갑자기 나를 보며 진지하게 말씀하는 감독님의 질문에 순간 당황했고, 당연히 아니라고 답하고 싶었지만 옆에 있던 아빠가 눈치 보여서 대답을 하지 않고 망설였다.

"태환아, 네 인생은 아빠가 대신 살아주시는 게 아니야. 네 인생은 네가 결정하는 거야. 그러니까 한번 솔직하게 이야기해봐. 너 이대로 축구 그만둘 거야?"

마음을 울리는 감독님의 질문에 나는 순간 가슴이 덜컥 내려앉는 기분이 들었고, 입 밖으로 "아니요! 계속하고 싶어요!"라고 말하려고 하는데 아빠의 목소리가 들려왔다.

"그래, 한번 솔직하게 이야기해봐. 너 축구 계속하고 싶어?"

그 순간 너무 심장이 너무 빠르게 뛰면서 겁이 났고 내가 사실대로 말했다간 집에 돌아가서 아빠에게 죽도록 맞겠다는 생각이 들었다. 그래서 나도 모르게 대답했다.

"안 하고 싶어요."

그러자 감독님은 당황하셨는지 똑같은 말을 다시 한번 되물으셨다.

"정말이야? 정말로 그만둘 거야?"

"네, 그만둘래요."

다시 한번 묻는 감독님의 말씀에도 나는 그만둔다고 대답했고 감독님도 그런 나를 이해하셨는지 더 이상 묻지 않았다. 그렇게 마지막으로 감독님과 인사를 나눈 뒤 식당을 나왔고 나의 짧았던 축구 인생은 막을 내리게 되었다.

그날 밤 나는 생각했다.

'도대체 내 삶은 왜 이럴까? 내 인생은 정말 뭐 하나 되는 게 없는 걸까? 다른 것도 아니고 그냥 꿈 한번 이뤄보겠다고 열심히 도전했는데 하나님은 도대체 내 앞길을 왜 자꾸 막는 걸까? 내가 뭘 그렇게 잘못했다고. 도대체 내가 뭘 했다고. 나라는 존재는 꿈을 갖는 것조차 사치인 걸까? 나에게는 꿈 따위는 존재할 필요조차 없고 내가 잠시나마 꿈이라고 생각하며 열심히 했던 건 그저 헛된 희망이었을까? 그럼 도대체 나는 무얼 하면서 살아야 할까? 나는 그냥 살아갈 이유조차 없는 것일까? 그럼 나는 도대체 왜 태어났을까? 내가 도대체 왜 이 지옥 같은 삶을 살아가고 있는 걸까?'

　나는 행복할 필요도 없는 존재라는 생각이 들었고 하나님은 나를 계속해서 짓밟는 느낌이 들었다. 그렇다고 해도 내가 뭘 어떻게 할 수 있는 게 단 하나도 없었다. 그저 불행한 삶이 너무나 원망스러웠고 괴로웠다. 하지만 괴로워도 내가 거기서 벗어날 수 있는 방법은 아무것도 없었다. 마치 출구가 없는 미로 속에 갇힌 기분이 들면서 내가 아무리 벗어나려고 출구를 열심히 찾으며 발악을 하고 발버둥을 친다고 해도 거기서 벗어날 수 있는 방법이 없었다. 그저 슬픔과 괴로움이 전해지면 그걸 온몸으로 느끼며 힘들어하는 것밖에는 내가 할 수 있는 게 아무것도 없었다. 그런 자신이 너무 한심했고 죽어버리고 싶을 만큼 괴로운 밤이었다.

죽지 못해 사는 삶

알록달록하게 곱게 자란 낙엽을 다 떨구고 앙상한 나뭇가지만 남긴 춥고 시린 겨울은 어느새 지나가고 꽁꽁 얼어있던 땅들도 조금씩 녹아 숨어있던 작은 새싹들이 하나둘 머리를 내미는 계절인 봄이 찾아왔다. 그러는 동안 나도 운동을 그만두고 중학교에서 새로 시작할 준비를 했다. 아빠는 개학 전 나에게 이렇게 말했다.

"이제 운동 말고 공부해, 공부. 네가 공부에 집중할 수 있게 아빠가 모든 걸 전폭적으로 지원해줄 테니까 너는 그냥 맘 편히 공부만 하면 돼. 알겠지?"

항상 그랬듯 '답정너' 스타일인 아빠의 말에 나는 그냥 어쩔 수 없이 알겠다고 대답했고 아빠는 곧바로 속초에서 유명한 학원을 알아본 뒤 비싼 돈을 주고 학원을 끊었다. 그렇게 나는 운동을 그만두고 남들과 똑같이 학교와 학원을 병행하면서 공부를 하게 되었다. 하지만 문제가 있었다. 초등학교 때부터 운동한다는 핑계로 공부를 하지 않아서 학교와 학원 수업을 잘 따라갈 수 없었다. 아니, 어쩌면 나는 애초에 공부를 열심히 하고 싶은 마음이 단 1퍼센트도 없었던 게 아닐까. 축구를 그만둔 이후에 나는 내가 살아가야 하는 의미도 전부 잃어버렸고 아침에 일어나서 눈 뜨고 씻고 밥을 먹고 학교에는 가지만 학교가 공부를 하는 곳이라기보단 친구들과 놀러가는 곳이라고 생각했다. 그리고 학원을 가도 노는 것의 연장선이라고 생각했을 뿐 그 이상이하도 아니라고 생각했다.

그래서 당연하게도 나는 항상 바닥의 성적을 유지했다. 아빠는 시험성적이 집으로 날아올 때마다 비싼 돈 들여가며 좋은 학원을 보내놨는데 성적이 왜 이 모양이냐면서 혼을 냈고, 그럴 때마다 더 비싸고 좋은 학원을 알아봐서 학원을 옮겼다. 그렇게 옮긴 학원만 해도 1대1 화상 과외를 포함해서 최소 5곳은 넘을 것이다. 하지만 나는 전혀 아랑곳하지 않았고 펜을 잡을 생각조차 하지 않았다. 그렇게 아빠는 점점 더 나를 압박하면서 성적이 안 나올 때마다 때리기도 하고 훈계도 하면서 공부를 하라고 했지만 나는 아빠 앞에선 알겠다고 하면서도 뒤를 도는 순간 아빠가 했던 말을 그대로 잊어버렸다.

시간이 갈수록 나는 공부뿐만 아니라 생활면에서도 갈피를 잡지 못하고 방황했는데 항상 학교에 가면 점심시간이 되기 전까지 책상에 엎어져 잠만 잤고 친구들과 어울리면서 담배를 피웠다. 처음에는 호기심에 펴 본 담배였지만 갈수록 담배에 중독되었고 하루에 최소 반 갑 이상을 피우지 않으면 불안하고 초조해졌다. 그러다 아빠한테 걸려서 혼도 나고 나름 끊어보려고도 했지만 담배를 끊을 수 없었다. 담배를 입에 댄 순간만큼은 마음이 차분해지고 평안했기 때문이다. 그렇게 자연스럽게 '일탈'을 하며 하루하루를 무의미하게 보냈다.

나도 이런 행동이 잘못되었다는 건 알고 있었지만, 이

렇게라도 하지 않으면 정말 죽어버릴 것만 같았다. 친구
들과 모여서 담배 피우고 게임하는 게 그나마 나의 유일
한 즐거움이었고 최소한 친구들과 놀 때만큼은 아무 생각
없이 놀 수 있어서 좋았다. 하지만 늘 그랬듯 다 놀고 집으
로 돌아올 때면 이때만을 기다렸다는 듯이 죽고 싶은 생
각이 스르르 밀려왔고 그렇게 우울한 마음을 안고 종종
잠이 들었다.

그러던 어느 날 중학교 2학년 때쯤 학원에서 쉬는 시간
에 몰래 나가서 담배를 피우고 들어 왔는데 냄새를 빼지
못해서 원장선생님께 담배 핀 걸 들키게 되었고 예전부터
학원 선생님과 마찰도 있고 친구들과 싸우면서 물의를 일
으킨 나를 예의주시하고 계셨던 원장선생님은 이 사건을
계기로 나를 학원에서 내보내기로 결정하셨다. 나는 학원
에서 잘리면 아빠한테 크게 혼날 걸 알았기 때문에 선생님
께 잘못했다고 용서를 구했으나 선생님의 마음은 굳건했
고 나를 학원에서 돌려보내며 아빠에게 바로 전화를 걸어
내일부터 학원에 나오지 말라고 통보했다. 그렇게 학원에
서 쫓겨나 집에 들어가는 게 무서워서 PC방에서 앉아 시

간을 때우고 있었는데 아빠에게 전화가 왔다.

"너 어디야, 이 새끼야! 당장 집으로 기어들어 와!"

현관문을 열고 들어가자 안방에서 아빠가 걸어 나오는 모습이 보였고 갑자기 온몸에 소름이 끼쳤다. 그 순간 아빠와 눈이 마주쳤고 아빠는 나에게 다가와 뺨을 있는 힘껏 세게 때리고는 말했다.

"넌 오늘부로 내 아들 아니야. 기껏 돈 들여서 비싼 학원 보내놨더니 하라는 공부는 안 하고 담배 피우고 걸려서 학원에서 잘려? 아빠 망신을 시켜도 유분수지. 난 너 같은 아들 둔 적 없으니까 집 나가서 니가 하고 싶은 대로 하면서 마음대로 살아. 알겠냐?"

평소 같았으면 죄송하다고 말했겠지만 그날만큼은 죄송하다고 말하고 싶지 않았다. 아니, 솔직히 뭐가 죄송한지 몰랐다. 지금 사과를 해야 하는 건 내가 아니라 아빠라고 생각했고 내가 이렇게 마음을 잡지 못하는 게 다 아빠 때문이라고 생각했다. 내가 지금 누구 때문에 이렇게 하루하루를 고통 속에서 살고 있는데, 누구 때문에 슬픔 속에서 비참하게 죽지 못한 채 억지로 살고 있는데, 과연 아빠는 이런 나의 마음을 알고 있기는 할까 싶었고 한 번도 나에게 미안하다고 표현한 적 없는 아빠가 순간 너무 원망스러웠다. 나도 더 이상 이 고통 가운데서 살고 싶지 않았고 차라리 나가서 굶어 죽는 한이 있어도 더 이상 이 괴로움 속에서 살고 싶지 않았다. 그래서 마음을 굳게 먹고 대답했다.

"네, 알겠습니다."

내 대답을 듣고 아빠는 아빠가 생각했던 반응과 달라서 당황했고 당연히 자존심이 셌던 아빠는 더 큰 목소리로 겁주면서 말했다.

"알겠다고? 그래, 그럼 지금 당장 나가! 10초 안에 여기서 당장 사라져!"

아빠 말이 떨어지기 무섭게 나는 곧바로 신발장으로 달려가 신발을 신고 문을 열고 달리기 시작했다. 집이 13층이었는데 엘리베이터도 타지 않고 계단으로 뛰어 내려가면서 혹시 아빠가 엘리베이터를 타고 나보다 더 일찍 내려가진 않을까 노파심에 한 층 한 층 내려갈 때마다 엘리베이터 버튼을 다 눌렀다. 그렇게 1층까지 재빠르게 뛰어 내려와서 밖으로 나왔고 아빠에게 잡히면 죽는다는 생각에 뒤도 안 돌아보고 1km 정도를 전속력으로 뛰었다. 그렇게 한참을 뛰고 나서야 거친 숨을 헉헉 몰아쉬며 뒤를 돌아보았는데 다행히 아무도 쫓아오는 사람이 없었다. 그 순간 다리에 힘이 풀리면서 털썩 자리에 주저앉았다.

"하하하!"

순간 나도 모르게 갑자기 실실 쪼개며 헛웃음이 나오기 시작했다. 분명 집에서 쫓겨났는데 이상하게 마음은 엄청 홀가분했다. 뭔가 정확히 표현하긴 힘들지만 아무도 나를 잡지 못했다는 생각에 짜릿한 기분이 들었고 드디어 이 지옥 같은 감옥에서 탈출했다는 생각에 해방감이 들면서 매우 상쾌했다. 사실 엄마가 떠나고 아빠랑 살면서 지금까지 단 한 번도 행복하다고 생각해 본 적이 없었다. 항상 아침에 일어나서 저녁에 잠들기 직전까지 아빠랑 고모와 같은 공간에서 함께 지낸다는 게 너무 불편했는데 드디어 그곳을 빠져나와 더 이상 불편해하지 않아도 된다는 생각에 행복했다. 그래서 한동안 주저앉아 크게 소리를 내며 웃었다. 그렇게 한참을 웃고 있는데 갑자기 현실이 직시

되면서 '이 밤에 도대체 어디로 가야 하나'라는 걱정이 들었고 어디로 가야 할지 고민하고 있는데 직감적으로 한곳이 떠올랐다.

　'엄마.'

피해의식

순간 엄마가 생각났다. 그러자 갑자기 빠르게 가슴이 뛰기 시작했다. 사실 엄마, 아빠가 이혼하는 날에도 나는 엄마랑 너무나 살고 싶었고 아빠랑 살고 있는 매 순간에도 엄마가 보고 싶었는데 드디어 내가 간절히 원하고 바라던 일이 실제로 일어날 것 같은 기대감에 순간 마음이 걷잡을 수 없을 만큼 요동치기 시작했다. 하지만 기대감과 동시에 두려움도 밀려왔다. 사실 예전부터 엄마랑 함께 살고 싶어서 아빠한테 말도 하고 여러모로 노력도 했으나 양육비 문제로 아빠, 엄마가 서로 합의가 잘 되질 않아 어쩔 수 없이 지금까지 아빠랑 살고 있었는데 혹시 내가 엄마에게 간다고 해도 과연 엄마가 나를 받아줄지 의문이었다.

엄마가 현재 혼자서 먹고살기도 빠듯한데 괜히 내가 엄마에게 갔다가 양육비 때문에 또다시 나를 아빠에게 보내진 않을까 걱정됐고 그렇게 되면 현재보다 상황은 더 안 좋아질 것 같다는 생각에 불안감이 밀려왔다. 하지만 어디로부터 온 자신감인지는 모르겠으나 왠지 오늘은 걱정보단 기대가 되었다. 내가 아빠한테 쫓겨나 집을 나온 상황이라면 엄마도 나를 내치지 않고 선뜻 받아줄 것 같았고 엄마가 나를 보며 환하게 웃으며 안아줄 것만 같았다. 그래서 한동안 곰곰이 생각하다가 지금 당장 엄마를 만나러 가야겠다고 결정을 내렸고 곧바로 자리를 털고 일어나 또다시 달리기 시작했다. 늦은 밤 차가운 바람을 가로지르며 있는 힘껏 뛰고 있는데 문득 이런 생각이 들었다.

'드디어 나도 내가 간절히 원하고 꿈에 그리던 엄마와 함께 살 수 있는 걸까? 이제 나도 불행하지 않고 행복해질 수 있는 걸까? 지금까지 정말 오랫동안 힘들었는데 이제는 힘들지 않고 엄마와 함께 잘 살 수 있을까? 얼른 엄마가 보

고 싶다! 얼른 가서 엄마를 꼭 껴안고 싶다! 엄마.'

그렇게 뛰어서 순식간에 엄마 집 앞까지 도착했다. 엄마는 그때 속초를 떠나지 않고 살고 있었기에 아빠 집에서 엄마 집까지 거리는 뛰어서 15분이면 충분했다. 헐떡거리는 호흡을 가다듬고 막상 문을 열고 들어가려고 하는데 여러 가지 생각이 들면서 엄마를 만나면 어떤 표정을 지으며 어디서부터 무슨 말을 어떻게 해야 할까 고민이 되었다. 그래도 엄마는 엄마니까 내가 무슨 말을 한다고 해도 당연히 날 반겨주겠다는 확신으로 문을 두들겼다.

'똑똑똑'

"누구세요?"

다행히 엄마는 집에 있었고 늦은 밤 갑자기 두들기는 문소리에 조금 놀란 듯 대답했다. 엄마의 목소리가 들리자 순간 가슴이 떨렸고 떨려오는 마음을 간신히 다잡으며 조심스럽게 입을 열었다.

"엄마! 저 왔어요."

다행히도 엄마는 단번에 내 목소리를 알아보았고 곧바로 문을 열었다.

"태환아, 뭐야? 이 시간에 웬일이야?"

순간 너무 당황해서 눈물이 핑 돌았고 머릿속이 하얘지면서 아무런 생각이 들지 않았다. 내가 생각했던 반응과 너무 다른 엄마의 표정과 말투, 그리고 거기서 전해지는 거리감이 낯설었다. 나는 분명히 엄마가 나를 반겨줄 거라 생각했는데, 엄마가 나를 보고 환하게 웃으며 그동안 정말 많이 힘들었을 텐데 수고했다고 꼭 껴안아 줄 거라고 생각했는데 내가 생각했던 시나리오와 정반대로 반응하는 엄마를 보자 순간적으로 감정이 북받쳤다.

"왜? 엄마도 내가 싫어? 알겠어! 그럼. 나갈게. 나가면 되잖아."

"아니, 그런 게 아니라 이 시간에 갑자기 여길 왜 왔냐고."

"왜? 오지 말아야 할 사람이라도 왔어? 알겠어! 엄마도 결국 똑같아. 그냥 내가 사라지면 되는 거잖아."

엄마는 퉁명스러운 나의 반응에 도대체 얘가 왜 이러는 걸까 하는 표정을 지으며 나를 타일렀고 그 순간 너무 속이 상해 울면서 대답했다.

"아빠한테 쫓겨나서 엄마한테 왔는데 엄마가 나 보자마자 첫마디가 왜 왔냐고 그랬잖아! 마치 오지 말아야 할 사람이 온 것처럼 엄마가 차갑게 반응했잖아! 결국 엄마도 아빠랑 똑같아. 결국엔 다 날 버리는 거야."

그러자 엄마는 갑자기 어이가 없었는지 웃음을 지으며 다정한 말투로 말했다.

"아니, 태환아 뭔가 오해가 있나 본데 엄마는 그런 뜻으로 말한 게 아니야. 너가 와서 싫어서 왜 왔냐고 말한 게 아니라 당연히 아들이 온 건 좋지! 그런데 지금 밤 11시가 넘었는데 자고 있어야 할 애가 갑자기 불쑥 찾아오니까 도대체 어찌 된 일인지 궁금해서 물은 거야. 엄마는 네가 싫단 말도 안 하고 아무 말도 안 했는데 왜 혼자 오해를 하고 그래. 너 참 웃긴다?"

엄마가 장난 섞인 말투로 이야기하자 그제야 혼자 오해했다는 생각에 부끄러움이 밀려오면서 얼굴이 빨개졌다. 엄마 말을 듣고 보니 정말로 엄마는 내게 어떤 부정적인 말을 하지 않았는데 내가 혼자 오해를 한 것이었다. 그런데 나는 그걸 전혀 몰랐다. 그냥 내가 생각했던 것과 다르게 반응하는 엄마를 보자 순간 감정이 격해지면서 화가 올라왔고 엄마가 갑자기 미워졌다. 불과 몇 분 전까지만 해도 엄마를 만나면 엄마 품에 꽉 안겨서 어리광을 부리고 싶었는데 갑자기 그런 엄마에게 화가 난다는 게 참 이상한 일이었다. 아마도 걱정스럽고 불안한 마음에 피해의식을 가졌던 것 같다. 혹시나 엄마도 나를 쫓아내진 않을까 하는 걱정과 엄마마저 나를 버린다면 도대체 나는 이제 어떻게 해야 할까 하는 불안함이 엄마의 반응을 오해하게 만들었던 것 같다.

그런 나를 보고 엄마는 괜찮다며 일단 밤이 늦었으니 자고 자세한 내용은 내일 다시 이야기하자고 했다. 씻고 옷을 갈아입고 누웠는데 복잡한 생각에 잠이 오질 않았다. '그냥 이렇게 무턱대고 엄마한테 찾아온 게 과연 잘한 걸까? 내일이 되면 다시 아빠한테 돌아가지 않아도 되는 걸까? 현재 내게 일어나는 상황이 잘 흘러가고 있는 걸까?' 이런 저런 생각을 하며 복잡한 마음에 눈이 감기질 않았다. 그런데 딱 하나 확실했던 건 죽어도 다시는 아빠가 있는 집에 돌아가고 싶지 않았다는 것이다. 차라리 여기를 벗어나 멀리 떠나서 혼자 살면 살았지 두 번 다시는 숨이 턱턱 막히고 알 수 없는 불안함과 불행만이 존재하는 그 어둡고 슬픈 곳으로 절대 돌아가고 싶지 않았다. 만약 다시 돌아가는 것과 죽음을 선택한다면 차라리 죽음을 선택하고 싶을 만큼 절대는 돌아가고 싶지 않은 곳이었다.

별 걱정 없이 하루를 시작하고 편안한 마음으로 잠들고 싶다. 그게 내가 유일하게 바라는 것이다. 그럴 수만 있다면 정말로 소원이 없겠다. 걱정 없는 하루, 평범한 하루⋯ 그런 날이 과연 내게도 찾아올까?

작은 괴물

나는 그날 그렇게 아빠 집을 나와 엄마와 함께 살게 되었다. 엄마는 내가 오고 며칠 안 돼서 아빠에게 전화를 걸어 내가 엄마랑 같이 있다고 말했고 아빠는 진짜 나를 포기한 듯 이제부터는 엄마가 나를 데리고 살든지 말든지 알아서 하라고 했다. 그러자 엄마는 그럼 양육비를 달라고 말했고 아빠는 알겠다며 나중에 다시 연락을 준다고 했다. 그말을 듣는데 기분이 하늘로 날아갈 것처럼 좋았다. 드디어나도 내가 간절히 바라던 엄마와 함께 살게 되었다는 것이믿기지가 않았고 하나님이 드디어 내 소원을 들어주신 것 같다는 생각에 너무 행복했다.

무엇보다 이제는 불안해하지 않아도 된다는 게 가장 기뻤다. 아빠랑 살 때는 하루하루 왠지 모를 불안감에 시달리며 항상 두렵고 떨렸었다. 그래서 맘 편히 생활할 수 없었고 저녁에 잠을 잘 때도 불면증으로 잠을 잘 못 자거나 악몽을 꿀 때가 많아서 항상 귀에 이어폰을 꽂은 채 잠이 들었다. 잔잔한 노래가 들려야만 그나마 불안한 마음이 가셨기 때문이다. 매일매일 이 지옥 같은 삶이 싫어서 죽고 싶었는데 드디어 이제는 그러지 않아도 된다는 생각에 참 다행이라고 생각했다.

그러나 안타깝게도 현실은 전혀 달랐다. 여전히 행복하지 않았고 불행의 연속이었다. 이미 나는 오랫동안 엄마랑 떨어져 있으면서 많이 변해있었다. 운동을 그만둔 뒤 공부를 하지 않고 친구들과 밤늦게까지 게임하고 놀거나 담배를 피우는 등 나쁜 습관이나 행동들이 몸에 배어있었다. 아빠 집에 있을 땐 아빠가 무서워서 어느 정도 스스로 자제하면서 생활했지만 엄마랑 살면서는 아빠보다 덜 무서운 엄마를 만만하게 생각하고 이겨 먹으려고 했다. 그래서 엄마가 혼내면 잘못했다고 하는 게 아니라 오히려 눈을 부릅 뜨고 소리를 지르며 화를 냈다.

물론 나도 엄마 말을 잘 듣지 않으려고 한 건 아니었지만, 이상하게도 스스로 나를 통제할 수 없었다. 분명 엄마에게 화를 내거나 짜증을 내지 말아야 하는 걸 알고 있지만 화가 나면 머리로는 그러지 말아야지 하면서도 이미 입 밖으로는 화를 내면서 소리를 지르고 있었다. 그리고 나중에 뒤에 가서 스스로 나쁜 아들이라며 자책하지만 또다시 엄마와 다툴 때면 똑같이 화를 내고 소리를 지르며 엄마를 힘들게 했다.

마음속 깊은 곳에 엄마에 대한 응어리가 있었던 것 같다. 아빠와 헤어질 당시 엄마가 조금 더 우리랑 살기를 간절히 원했으면 나를 충분히 데리고 갈 수 있었을 것 같은데 그렇게 하지 않았다는 생각이 마음 한켠에 응어리로 자리 잡고 있었던 것 같다. 게다가 할머니가 내게 했던 말들도 무의식적으로 큰 영향을 미쳤던 것 같다. 엄마, 아빠가 이혼한 지 얼마 안 됐을 때 내가 엄마에게 너무 가고 싶다고 조르자 할머니는 "그럼 그렇게 좋아하는 엄마에게 가라"고 하면서 나와 동생을 보내준 적 있었다. 하지만 엄마는 아빠가 양육비를 주지 않자 며칠 안 돼서 나와 동생을 다시 아빠에게 돌려보냈고 슬퍼서 우울해하는 내게 할머니는 이렇게 말했다.

"봐라. 니 애미는 너네를 돈으로 생각한다니까! 돈 안 준다니까 다시 보내는 거 봐라. 정말로 너네랑 같이 살고 싶으면 돈 때문에 너네를 이렇게 돌려보내겠니? 둘째 너도 이제 그만 고집부리고 할머니 말 듣고 이제 여기서 적응하고 잘 살아라! 그게 다 네가 잘될 수 있는 길이다!"

물론 그때 할머니가 했던 말을 다 믿었던 건 아니다. 내가 생각해도 엄마는 가진 게 없이 이혼해서 가난했기에 당연히 돈을 안 주면 나랑 동생을 키울 수 있는 여건이 안 된다고 생각했다. 하지만 생활하면서 은연중에 할머니가 했던 말들이 계속해서 떠올랐고 그럴 때마다 나는 엄마가 키울 능력이 안 돼서 나를 돌려보낸 게 아니라 정말 나를 돈으로 생각했던 건 아닐까 여기게 되었다. 그게 마음속에서 점점 커지면서 내 마음속 한켠에 자리잡았고 그렇게 쌓이고 쌓여 응어리가 되었다. 그래서 엄마랑 살면서도 엄마랑 다투는 날이면 항상 이렇게 이야기했다.

"엄마는 날 돈으로 생각했잖아! 정말로 같이 살고 싶었으면 그때 양육비를 안 줘도 날 데리고 갔어야지!"

내가 이 말을 하면 엄마가 상처를 받는다는 걸 잘 알지만 이상하게 나는 계속해서 엄마에게 상처를 주는 말만 골라서 했다. 그리고 돌아서면 후회했고 그러다 또다시 싸울 때면 엄마 마음에 더 큰 상처를 주는 말을 했다. 그렇게 나는 엄마와 자주 다퉜고 서로에 대한 감정의 골은 점점 더 깊어진 채 서로에게 지쳐만 갔다. 그러다 하루는 엄마가 이대로 지켜보고만 있을 수 없었는지 말을 안 듣는 내게 화를 내며 말했다.

"너 도대체 언제까지 엄마 말 안 들을 거야? 왜 항상 네 멋대로 행동하고 엄마 힘들게 하는 건데?"

"내가 언제 내 멋대로 행동했어? 그리고 엄마야말로 왜 그러는 건데? 그냥 내가 알아서 할 테니까 제발 내 일에 신경 좀 꺼!"

나는 항상 엄마가 화를 내면 엄마보다 2배는 더 큰 목소리로 화를 냈고 눈을 부릅뜨면서 소리를 질렀다. 평소 같았으면 그만하자며 멈추었을 엄마였지만 그날은 엄마도 멈추지 않고 똑같이 소리를 지르며 말했다.

"어디 감히 엄마한테 소리를 버럭 질러! 매번 엄마가 그냥 봐주면서 넘어가니까 너 엄마가 진짜로 만만해 보이니? 그리고 어떻게 네가 엄마 아들인데 엄마가 네 일에 신경을 끄고 살아?"

엄마가 평소와 다르게 더욱 화를 내면서 말하자 순간 당황했고 나는 더욱더 지지 않기 위해 엄마의 신경을 건드리는 몹쓸 말들을 던졌다.

"참나, 내가 언제 엄마 만만하다고 했어? 그리고 진짜 웃긴다. 언제부터 엄마 노릇했다고 이제 와서 엄마 행세하려는 건데?"

"너 지금 뭐라고 했니? 엄마 노릇? 너 아주 엄마한테 못 하는 말이 없구나? 너 이러려고 나랑 산다고 했니? 아주 니 마음대로 행동하려고? 이럴 거면 지금이라도 아빠한테 다시 돌아가!"

감정이 격해졌던 엄마는 나에게 화를 내면서 아빠에게 돌아가라고 소리쳤고 그 말을 듣자 순간 나도 이성을 잃고 말았다.

"이럴 줄 알았어. 결국 엄마도 날 버리는구나. 이럴 거면 도대체 날 왜 낳았어? 이런 좆같은 세상에서 하루하루 고통 속에서 살게 할 거면 도대체 날 왜 낳았냐고! 그냥 차라리 낳지 말지!"

내가 이성을 잃고 말하자 엄마는 순간 벙찐 채로 소리치는 나를 가만히 쳐다봤고 나는 그런 엄마에게 달려들어 엄마 어깨를 두 손으로 밀쳤다. 그 순간 갑자기 '내가 지금 도대체 뭘 하고 있는 거지?'라는 생각에 정신이 번뜩 들었다. 지금 여기에 조금만 더 있다간 엄마를 때리겠다는 생각에 순간 두려움이 밀려왔다. 그래서 그 자리를 박차고 뛰쳐나와 뒤도 안 돌아보고 며칠 동안 집에 들어가지 않았다. 가출해서 PC방에서 밤을 새우거나 친구 집이나 밖에서 돗자리를 펴고 자면서 며칠을 방황했는데 잠을 자려고 누울 때마다 내가 엄마를 밀쳤던 장면이 계속 떠올랐고 그럴 때마다 내가 너무 한심하고 패륜아 같다는 생각에 괴로운 시간을 보냈다.

그때 나는 어느 누구도 통제할 수 없었다. 심지어 나조차도 나를 어떻게 할 수 없는 정말 '통제불능상태'였다. 마음에는 알 수 없는 화가 항상 존재했고 누군가 조금만 예민하게 말하거나 불편하게 하면 신경질적으로 반응하고 아니꼽게 대했다. 누구는 이런 걸 사춘기라고 말할 수도 있겠지만 내 생각엔 내 마음에 누군가 자꾸 미움, 증오, 슬픔, 원망 등 부정적인 생각과 감정을 갖도록 부추겼던 것 같다. 내가 아무리 그런 생각을 하지 않으려고 발버둥을 쳐도 그럴 때마다 오히려 더더욱 켜졌고 결국 내가 엄마에게 한 것처럼 행동으로 드러나게 했다. 그렇게 나는 그 어떤 누구도 나를 제어하거나 통제할 수 없는 '작은 괴물'로 변해갔다.

3월 22일

3월 22일은 내게 매우 뜻깊은 날이다. 내 생일이기도 하지만 하나밖에 없는 형의 생일이기도 하다. 형과 나는 4살 차이가 나지만 우리는 같은 날에 태어났다. 지금이야 형과 같은 날에 태어난 게 참 좋고 행복하지만 어렸을 때만 해도 형과 생일이 같은 게 매우 불쾌했다. 생일파티가 온전히 나를 위한 축제가 아니라는 생각이 들었기 때문이다. 나는 내 생일날 내가 주인공이 되고 싶었는데 항상 형과 동시에 축하받는 게 못마땅했고 다른 친구들처럼 생일날 맛있는 음식을 잔뜩 준비해놓고 친구들을 초대해 선물도 받고 싶은데 그럴 수도 없었다.

물론 엄마, 아빠에게 티를 낸 적은 없다. 내가 이런 걸로 티를 내고 못마땅해하면 불같은 성격을 가진 아빠가 나를 가만히 안 놔둘 게 뻔했기 때문이다. 형은 아파서 그런지 나에 비해 주변에 친구도 없어서 내가 친구들을 초대해 파티를 한다는 건 형과 비교가 되므로 위계질서가 잡혀있는 우리 가족에겐 말도 안 되는 일이었다. '하필 형은 왜 내가 태어난 날에 똑같이 태어나서…'라는 말도 안 되는 의문에 괜히 형을 싫어할 이유만 하나 더 찾은 셈이었다.

하지만 아픈 형을 이해하게 되고 또 내가 형과 떨어져 엄마와 함께 살게 되면서 우리는 예전보다 가까운 사이가 되었다. 참 우습게도 같이 붙어 있을 때는 조금만 불편해도 절대 그냥 넘어가지 않고 서로를 물고 뜯고 싸우기 바빴는데 오히려 자주 못 보는 사이가 되니까 같이 살 때보다 서로에게 조금 관대해지고 배려하면서 형제의 우정이 조금은 돈독해졌고 오랜만에 보면 서로 부딪힘 없이 잘 놀면서 잘 지냈다. 예전에는 서로의 비밀이나 약점을 드러내면서 피해를 끼쳤다면 지금은 서로의 비밀이나 약점을 쉬쉬

하면서 숨겨주었다. 아빠가 형이 몸이 안 좋고 또 언제 무슨 일이 일어날지 모르니까 PC방에서 게임하는 걸 싫어했는데, 형은 아빠 몰래 자주 PC방에 갔었다. 하지만 하필 그 PC방이 내가 학교에서 학원 가는 거리 중간에 있었던 곳이라 나도 시간만 있으면 자주 PC방에 들러서 게임을 했는데 그럴 때마다 종종 형이 PC방에 앉아 게임하고 있는 걸 보았다. 평소 같았으면 바로 형에게 달려가 놀리면서 아빠에게 이르겠다고 말했을 나지만 형과 떨어져 살게 된 후로는 형의 기분이 상하는 말과 행동은 최대한 자제하려고 노력했다. 그래서인지는 몰라도 형은 나를 PC방에서 마주치면 음료수나 과자를 사주면서 친근하게 대해주었고 명절이나 제사가 있을 때 집에 모이면 둘만의 보이지 않는 끈끈한 무언가가 형성된 걸 느낄 수 있었다. 그렇게 우리는 오랜 시간 동안 쌓여 있었던 깊은 갈등의 골을 덮고 이제는 정말 친형제처럼 좋은 관계를 유지하며 잘 지내던 중 동생으로부터 전화 한 통이 걸려왔다.

"형, 큰일났어."

"왜? 태현아, 무슨 일이야?"

"큰형이… 큰형이…."

"뭔데? 말 똑바로 해. 큰형이 뭐?"

"13층에서 뛰어내려서 떨어졌어."

"뭐?!"

그때 나는 교회 밑에서 살고 있었는데 그날 교회에서 삼겹살 파티를 한다고 해서 어른들이 준비할 동안 집에서 교회 동생과 게임을 하면서 놀고 있었다. 갑자기 걸려온 전화와 동생이 들려준 충격적인 소식에 순간 온몸에 힘이 풀리면서 그 자리에 털썩 주저앉고 말았다. 그리고 갑자기 세상을 다 잃은 것처럼 꺼억꺼억 소리를 내면서 눈물을 왈칵 쏟아냈고 집을 나와 교회 사람들이 있는 곳까지 아스팔트 오르막길을 기어서 올라갔다. 잘 놀다가 갑자기 정신이 나가버린 나를 보며 교회 동생은 무슨 일이냐고 물었지만, 나는 그저 계속 기어서 올라가기만 했다. 그때 내가 무슨 생각을 했는지 정확히 기억은 안 나지만 아마도 뭔가 빨리 이 사실을 많은 사람에게 알려서 도움을 구해야겠다는 생각밖에 없었던 것 같다. 교회 동생은 나를 현관문까지 부축하며 데려갔고 나는 교회 현관문 앞에 도착하자마자 그 자리에서 무릎을 꿇고 엎드린 채 통곡했다. 그러자 정신없이 음식을 나르고 있던 교회 이모들이 나를 보고 눈이 휘둥그레지면서 다급하게 달려와 무슨 일이냐고 물었다. 숨도 제대로 쉬지 못한 채 꺼억꺼억 한참을 통곡하면서 울다가 나는 마침내 정신을 차리고 용기 내어 말을 뱉었다.

"형이… 형이 13층에서 떨어졌대요…."

교회 사람들은 경악을 금치 못했고 사모님은 엉엉 우는 나를 꼬옥 끌어안고 괜찮다며 달래주었다. 그러곤 곧바로 나를 차에 태우고 곧장 응급실로 향했다. 차를 타고 병원에 가는 길에 오만가지 생각이 들었다.

'형이 죽었을까, 살았을까? 13층에서 떨어졌으면 형의 얼굴이 산산조각 나진 않았을까? 내가 그런 형의 끔찍한 모습을 마주할 수 있을까? 진짜 형이 이러다 죽는 건 아닐까? 아직 나는 동생으로서 형에게 못 해준 게 너무나 많은데 형이 정말로 이렇게 가버리는 건 아닐까? 제발, 제발 형이 살아 있었으면 좋겠다. 제발 형이 이대로 죽지 않았으면 좋겠다.'

우여곡절 끝에 병원에 도착했고 나는 축 처진 몸을 억지로 일으켜 세우며 차에서 내렸다. 차에서 내리자 응급실 바로 옆에서 쪼그리고 앉아 담배를 피우고 있는 아빠가 보였다. 그때 아빠의 모습은 아직도 잊혀지지 않는다. 그때 아빠는 마치 대여섯 살 된 어린아이 같았다. 마치 놀이공원에서 놀다가 길을 잃고 쪼그리고 앉아 엄마를 애타게 찾으며 우는 것처럼 아빠는 초라하게 쪼그리고 앉아 피우지도 않는 담배를 손에 든 채 어린아이처럼 엉엉 울고 있었다. 태어나서 아빠가 우는 모습을 그날 처음 봤고 아빠의 그런 모습을 보자 참았던 눈물이 쏟아지면서 곧장 아빠에게 달려가 아빠를 부둥켜안고 엉엉 울었다. 한참을 서로 끌어안고 울다가 정신을 차리고 조금 진정하고 앉아 있는데 어디서 병원이 떠나갈 정도로 형의 이름을 소리치면서 부르는 소리가 들렸다. 엄마는 이미 반 정도 정신이 나간 상태로 형의 이름을 애타게 부르며 찾고 있었다. 안타깝지만 형이 무사히 깨어나길 바랐던 우리 가족의 마음과 달리 형은 끝내 회복되지 못했고 결국 그날 우리 곁을 떠나고 말았다. 우리 가족은 곧바로 형의 장례식을 준비할 수밖에 없었다. 그러다 갑자기 엄마가 아빠를 죽일 듯이 노려보면서 소리쳤다.

"야! 네가 알아서 잘 키워 본다며! 걱정하지 말라며! 근데 결국 잘 키운 게 이거야? 잘 키운다고 한 결과가 이거야? 태영이 당장 살려내! 우리 태영이 당장 살려내!"

아빠는 소리치는 엄마에게 아무런 말도 하지 못했다. 장례식을 치르고 있는데 사람들이 하나둘 왔다 갔고 그중에 한 명은 형과 같은 반 친구인 것 같았다. 그 형은 우리 형에게 인사를 하고 아빠에게 오더니 갑자기 무릎을 꿇고 잘못했다고 사과를 했다.

"아버지, 죄송합니다. 정말로 죄송합니다. 다 제 잘못이에요. 저 때문에 태영이가 그렇게 된 거예요. 다 제 잘못이에요."

아빠는 그런 친구를 일으켜 괜찮다며 다독여주었고 나중에 이야기를 들어보니 형이 떠나는 그날, 그 친구와 반에서 싸우고 집으로 돌아갔다고 한다. 그래서 친구는 형이 그렇게 된 게 자기 탓이라 생각하고 장례식장에 와서 울면서 사과를 한 것이었다.

어느덧 화장을 앞두고 입관 예배를 드리기 위해 모두가

형의 마지막을 보러 간 사이, 나는 차마 형의 차가운 모습을 볼 수 없어서 그냥 영정사진 앞에 앉아 있었다. 가만히 앉아 사진 속 형을 한참 동안 바라보고 있는데 순간 뜨거운 눈물이 내 뺨을 타고 흘러내렸다.

'형, 나 아직 형한테 미안한 게 참 많은데 이렇게 갑자기 가버리면 어떡해. 이제 좀 마음잡고 동생 노릇 좀 하면서 예전에 형한테 무례하게 굴었던 거 형 말 잘 들으면서 다 갚으려고 했는데 형이 갑자기 이렇게 가버리면 그럼 나는 평생 형한테 진 빚 다 갚지도 못하고 그냥 나쁜 동생으로 남는 거야? 내가 너무 나쁜 동생이라서 나한테는 기회도 주지 않는 거야? 형, 진짜 이렇게 갑자기 가버리면 어떡해. 아직 나 형한테 미안하다고 사과도 제대로 못 했는데… 앞으로 정말 멋진 동생이 되겠다고 형한테 말도 못 했는데… 이렇게 갑자기 가버리면 나는, 나는 그럼 도대체 뭘 어떡하라고….'

그렇게 한참 동안 사진 속 형을 바라보며 한없이 울었다. 하지만 형은 아무런 대답을 하지 않았고 그저 묵묵히 나를 바라볼 뿐이었다.

형을 떠나보내고 어느덧 10년이 지났다. 하지만 매번 돌아오는 3월 22일이면 나는 하늘을 바라보며 가장 아름답게 빛나고 있는 별에게 이야기한다.

"형, 안녕. 잘 지내? 오늘 우리 생일이네. 생일 진심으로 축하해. 사실 예전에는 형이랑 생일파티를 같이한다는 게 너무 싫었어. 왜냐하면 1년에 하루밖에 없는 생일인데 같이 하기보단 나는 특별하게 나 혼자 하고 싶었거든. 그런데 형이랑 같이 하니까 뭔가 특별한 기분도 안 들고 어린 마음에 생일파티도 제대로 못 하고 케이크도 한 번밖에 못 먹는다는 게 너무 아쉽더라. 그런데 이제는 그러고 싶어도 그럴 수 없다는 게 너무 슬퍼. 사실 지금 와서 생각해보면 그때가 더 행복하고 의미 있던 생일인 것 같아. 지금은 형이 없어서 생일 기분도 안 나고 많이 쓸쓸하거든. 형도 그렇게 생각하지? 형도 거기서 혼자 생일파티 하니까 재미없지? 우리 형, 참 많이 보고 싶다. 내가 동생으로서 형 말도 잘 안 듣고 항상 못되게 굴었는데 형이 지금 내 곁에 있었다면 정말 말 잘 들을 텐데… 내가 못난 동생이라서 미안해, 형. 그리고 사랑해."

죽음에 대하여

나는 어렸을 때부터 죽음에 대해서 자주 생각했다. 당시에는 실제로 사람이 죽는 걸 본 적은 없었지만 부모님이 자주 싸우거나 형이 아파서 생사를 오가는 걸 보면서 '우리 모두는 이렇게 살다가 결국 사라지는 건가'라는 생각에 인생이 참 허무하다고 생각할 때가 많았다. 그러다 죽음을 더욱 깊게 생각하고 진지하게 깨닫게 되었던 건 아마도 주변 사람들이 하나둘 내 곁을 떠나갔을 때인 것 같다. 내가 초등학교 6학년 때는 친할아버지가 폐암으로 돌아가셨고 내가 중학교 1학년 때는 함께 살던 친할머니가 원래 앓고 있던 병이 심해지면서 갑작스레 돌아가셨다. 사실 그때까지만 해도 죽음을 몸으로 확 느꼈다기보단 그냥 '늙으면 결국 아프고 죽는구나'라고 생각하며 죽는다는 사실을 인식하고 있었는데 갑자기 중학교 3학년 때 친형이 하늘나라로 가면서 그때는 정말 많은 생각을 하게 되었다.

'아, 사람은 결국 다 죽는구나. 죽음이 생각보다 멀리 있는 게 아니구나. 어제까지 나와 함께 울고 웃었던 사람이 오늘 이렇게 갑자기 사라질 수도 있구나. 나도 어느 순간 갑자기 죽을 수도 있겠구나.'

'그러면 죽으면 어떻게 되는 거지? 죽으면 정말 어렸을 적 교회에서 듣던 말씀처럼 천국과 지옥을 가게 되는 걸까? 죄가 많으면 지옥에 가고 죄가 없으면 천국에 간다는 데 정말 그런 걸까?'

죽음에 대한 복잡한 생각은 자주자주 나를 생각 속에 잠기게 했고 생각할 때마다 천국에 가고 싶다는 생각이 들면서도 막상 천국에 가려고 하니 죄가 많아 갈 수 없을 것 같았다. 내가 지금까지 했던 말과 행동에는 항상 미움, 증오, 원망이 섞여 있었기 때문이다. 그런 내가 천국에 간다는 게 상식적으로 이해할 수 없었고, 어렸을 때부터 예수님께서 내 죄를 십자가에서 다 사해주셔서 내가 의롭게 되었다는 걸 알고는 있었지만 사실 마음으로 믿진 않았다. 그래서 항상 죽는 게 두려웠다. '죽으면 분명히 사후세계가 존재할 텐데 내가 과연 흔히 말하는 걱정과 근심 없고 행복만이 존재하는 천국에 갈 수 있을까?'라는 생각을 자주자주 했던 것 같다. 그렇게 일찍부터 죽음에 대해서 생각하고 언제 죽을지 모른다는 생각으로 하루하루를 살았다.

나는 형이 죽기 전까지는 평생 형과 함께 살아갈 줄 알았다. 그래서 형에게 미안함과 사랑을 충분히 표현할 수 있었음에도 불구하고 그게 뭐라고 최대한 아끼고 또 아꼈다. 그래서 형이 떠나고 난 뒤 나는 동생으로서 잘해주지 못한 것에 대한 미안한 감정 때문에 참 힘들고 괴로웠다. 형에게 조금만 더 표현하고 웃어주었다면 나는 지금 이렇게까지 미안한 감정이 들지는 않았을 것 같다. 하지만 나는 그러지 못했고 그래서 지금도 아쉬움이 많이 남는다. 형의 죽음으로 세상에 당연한 건 절대 없고 영원한 것도 없다는 것을 알게 되었다. 지금 곁에서 나를 사랑해주고 지지해주는 가족, 연인, 친구, 반려동물까지도 모든 것이 곁에 있는 건 절대 당연하지 않다. 그러나 우리는 그 당연함과 익숙함에 속으며 살아간다.

코로나를 통해서도 우리는 우리가 얼마나 익숙함에 속고 사는지 느낄 수 있다. 코로나 시대 이전에는 마스크를 쓰지 않고 맑은 공기를 편안하게 들이마실 수 있다는 게 얼마나 소중한지 몰랐다. 그냥 지금까지 그렇게 살아왔으니까 이 모든 게 너무나도 당연한 줄 알았다. 하지만 마스크를 끼자 사람이라면 당연히 누려야 할 숨 쉬는 것조차 불편하게 느껴졌고 반대로 마스크를 벗고 생활하는 게 얼마나 소중하고 행복한 것인지 느낄 수 있다. 사랑하는 사람과 손을 잡고 거리를 거닐거나 서로 마주 보고 앉아 웃으며 편안하게 맛있는 음식을 먹는다는 게 얼마나 소중한지 몰랐다. 우리가 지금까지 누렸던 이 당연한 모든 것들은 절대 당연한 것이 아니라 참 소중한 것이었음을 발견할 수 있었다.

평소에도 주변 사람들에게 사랑한다고, 고맙다고, 미안하다고 표현할 수 있을 때 마음껏 표현했으면 좋겠다. 그래서 나는 당신이 나처럼 누군가를 떠나보내고 후회하지 않았으면 좋겠다. 사랑하는 연인에게도 예쁘다, 고맙다, 사랑한다 자주 표현하고 안아주면서 곁에 있고 함께 있을 때 마음껏 사랑하고 행복했으면 좋겠고 친구에게도 고맙거나 미안한 감정이 들 때는 괜히 체면을 차리지 말고 표현하면서 서로의 우정이 더욱더 쫀득해졌으면 좋겠다. 그래서 나는 당신이 사랑과 감동이 있는 삶을 행복하게 살았으면 좋겠다.

마음은 마음을 따라 흐른다

돌이켜보면 평생 따라다니며 나를 괴롭게만 할 것만 같았던 중학교 시절은 빠르게 지나갔고 시간은 어느덧 흘러 졸업만을 앞두고 있는 상황이었다. 중학교 시절을 돌아보면 정말 내가 어떻게 버티고 견뎠는지 알 수 없다. 항상 마음은 텅 빈 것처럼 공허했고 비참한 인생을 한탄하며 언제, 어떻게 죽을까 그런 부정적인 생각들로 머릿속을 가득 채우며 하루하루를 방황했는데 막상 졸업을 한다고 하니 도무지 실감이 나질 않았다. 그런데 사실 더 큰 문제는 앞으로의 삶이었다. 졸업을 앞두고 내 삶을 바라보니 나에겐 미래가 존재하지 않았다. 졸업하고 고등학교에 간다고 해도 이런 지옥 같은 삶을 또다시 반복해야 한다는 것이 너무나 두려웠다. 그렇다고 무엇을 어떻게 해야 잘 살 수 있는지 도통 알 수도, 방법도 없었다.

그러던 중 엄마는 내게 일반 학교와 다르게 다양한 체험 활동과 인성 중심으로 운영하는 대안학교가 있는데 그쪽으로 진학해보는 건 어떻겠냐고 제안을 하셨다. 사실 예전 부터 엄마가 흘러가는 말로 자주 그 학교에 대해서 말했기 때문에 학교 시스템이 어떤지 잘 알고 있었으나 그 학교에 가게 되면 기숙사 생활과 휴대폰 사용, 외출 등이 자유롭지 못해서 여러모로 불편하다는 걸 듣고 별로 가고 싶진 않았다. 그래도 곰곰이 생각해보니까 여기에 남는 것보다 훨씬 낫겠다는 생각이 들었고 더 이상 누구를 의지할 사람도, 기 댈 곳도 없었던 나는 고민 끝에 가겠다고 말했다.

하지만 엄마에게 말하고 난 뒤 참 많은 고민이 되었다. 거기 생활이 일반 학교랑 많이 다르기도 하고 또 그쪽에 가면 많은 사람들이 변화된다고 하는데 '지금 이렇게 초라 하고 행복이 존재하지 않는 내 삶도 과연 변화될 수 있을까?'라는 걱정이 많이 되었고 만약 거기에 가서도 이런 불행한 삶이 지속된다면 이제는 더 이상 희망이 없는데 그럼 어떻게 해야 할까 하는 불안한 마음도 들었다. 하지만 다행히도 나랑 친했던 중학교 친구가 나와 함께 진학하기로 했고 친구 덕분에 더 이상 걱정하지 않고 대안학교로 입학할 수 있었다.

역시 내가 예상했던 대로 대안학교에서의 생활은 좀처럼 쉽지 않았다. 24시간 친구들과 먹고, 자고, 공부하면서 생활하다 보니까 중학교 때는 겪지 않은 어려움이 정말 많았다. 예를 들면, 예전에는 엄마가 항상 나를 위해 밥을 차려주고 또 설거지를 해주었고 집이 더러우면 집 청소도 깔끔하게 해주고 옷가지도 다 빨아서 예쁘게 개어주어서 나는 그냥 편안하게 다 준비되어 있는 걸 쓰면 그만이었는데 여기에서는 내가 모든 걸 다 해야 했다. 설거지부터 청소, 심지어 빨래도 직접 돌리고 말리고 개야 했는데 태어나서 한 번도 해본 적이 없는 나에겐 모든 것이 불편했고 불만이었다. 중학교 시절에는 친구들과 두루두루 잘 지냈고 가끔 마음에 들지 않아서 싸우거나 불편한 친구가 있으면 그냥 마주치지 않거나 무시하면 그만이었는데 여기서는 아침에 일어나서 저녁에 잠들 때까지 함께 있어야 하니까 싸우거나 불편해도 피하거나 무시하는 데 한계가 있었다. 그러다 보니 약간 억세고 거친 성격을 가진 나는 친구들과 마찰이 잦았고 싸우고 나면 불편한 친구들을 계속 마주해야 한다는 스트레스가 이만저만이 아니었다.

게다가 선생님들도 학생 한 명 한 명에게 많은 관심을 갖고 있어서 공부 외적인 면에서도 많은 간섭을 했는데 공부를 잘 하지 않았던 나는, 항상 선생님의 말씀을 듣지 않고 학교에서 말썽을 부리며 물의를 일으켰고 징계를 자주 받았다. 그래서 들어간 지 얼마 되진 않았지만 학교에 다니는 게 매우 힘들고 지쳤다. 이렇게 있다간 이도 저도 안 되겠다는 마음에 차라리 일찍 자퇴를 하고 밖에 나가서 돈을 벌어야겠다는 마음으로 타이밍을 노리고 있었다. 그렇게 하루하루 허송세월을 보내고 있는데 하루는 선생님께서 나를 교무실로 부르셨고 요즘 어떻게 지내는지 물으셨다.

"태환아, 요즘 어떻게 지내? 학교생활은 잘 하고 있어?"

뜬금없는 선생님의 질문에 누군가에게 속마음을 이야기

하는 게 익숙지 않았던 나는 당연히 아무렇지 않은 척 대답했다.

"네, 별일 없이 잘 지내고 있어요."

"요즘 네 표정이 많이 안 좋아 보여. 혹시 무슨 일 있는 거 아니야? 있으면 선생님한테 한번 이야기해봐. 무슨 일인데?"

"진짜 별일 없어요."

또다시 묻는 선생님의 질문에 완강하게 없다고 이야기 했으나 선생님은 포기하지 않고 그러지 말고 속 시원하게 한번 이야기해보라고 하셨다. 그 순간 고민이 되었다. 사실 지금까지 한 번도 누군가에게 내 마음을 허심탄회하게 이야기해 본 적 없고 말하고 싶어도 입을 떼는 게 매우 어려워서 매번 힘들고 어려운 일이 있어도 숨기고 또 숨기며 괜찮은 척하며 지냈는데 속 시원하게 이야기해보라는 선생님의 질문에 왜 그랬는지는 모르겠지만 내가 가진 고민을 털어놓고 싶다는 생각이 들었다.

"사실 학교생활이 너무 싫고 어려워요. 공부뿐만 아니라 생활하는 것도 하나하나 통제되는 게 너무 많고 또 친구들이랑은 잘 맞지도 않아서 자주 싸우고 그러니까 학교가 재미없고 있기 싫어요. 사실 여기 온 이유가 중학교 때처럼 살고 싶지 않고 여기 오면 뭔가 달라질 줄 알고 왔는데 사실 하나도 달라진 건 없고 오히려 계속 혼나고 징계받고 하니까 '내가 굳이 이렇게까지 힘들면서 학교를 계속 다녀야 하나?'라는 생각이 들면서 이럴 바엔 차라리 다 접고 자퇴하는 게 낫겠다는 생각이 들어서 요즘은 그냥 아무것도 하기 싫고 솔직히 집에 가고 싶어요."

한참 내 이야기를 조용히 앉아서 다 들으신 선생님은 갑자기 환하게 웃으시더니 대답했다.

"그렇구나. 태환이가 혼자서 많이 힘들었겠네. 태환아, 선생님이 질문 하나 할까? 혹시 전기가 어떻게 흐르는지 아니?"

뜬금없는 선생님의 질문에 당황하며 잘 모르겠다고 대답했다.

"있잖아, 전기는 전선을 따라 흘러. 전기가 원활하게 잘 흐르려면 전선이 끊어지지 않고 잘 연결되어 있어야 해. 예를 들어 우리가 TV를 보기 위해선 TV에 있는 전선 플러그가 콘센트와 연결되어 있어야 TV를 켜서 볼 수 있겠지? 만약 TV에 전선이 콘센트와 연결되어 있지 않으면 TV는 켜지지 않을 거야. 왜냐하면 전기가 흐르지 않으니까! 그럼 혹시 사람의 마음은 서로 어떻게 흐르는지 아니?"

생전 처음 들어보는 질문에 나는 모른다고 대답했고, 선생님은 내가 한 번도 들어보지 못한 신기한 이야기를 해주셨다.

"사실 그것도 매우 간단하다? 마음이 서로 흐르려면 마음과 마음이 서로 연결되어 있어야 해. 아까 말했다시피 전기는 전선을 따라 흐르듯이 사람의 마음은 마음을 따라 흘러. 태환이가 지금 학교생활이 재미없고 힘들고 불편한 건 선생님들과 마음이 연결되어 있지 않아서 그런 거고 또 친구들과 자주 싸우고 불편한 것도 서로 마음이 연결되어 있지 않기 때문이야. 하지만 태환이가 마음을 열고 지금보다 조금만 다가가서 대화를 하고 상대방의 마음을 발견하게 된다면 그때부터 서로 마음이 연결되면서 흐르게 된단다. 그럼 관계는 자연스럽게 회복될 거고 행복해질 수 있는 거야. 선생님이 태환이에게 부탁하고 싶은 게 하나 있는데 지금까지는 태환이가 마음의 문을 닫고 있어서 선생님이나 친구들과 마음이 연결되어 있지 않았지만, 오늘 선생님에게 너의 마음을 이야기해준 것처럼 이제부터라도 마음을 열고 조금만 다가가 봐. 그러면 서로가 서로를 이해하게 되고 또 마음이 연결되면서 행복해질 거야! 나는 태환이가 그렇게 많은 사람과 마음이 연결되고 행복해지길 간절히 바랄게. 알겠지?"

'마음과 마음이 연결되면 서로 흐른다고?'

짧지만 강력했던 선생님의 말씀은 지금까지 굳게 닫혀 있던 내 마음의 문을 강하게 두들기며 큰 울림을 주었다. 선생님과 대화를 끝내고 지금까지 나는 어떤 모습으로 살아왔는지 곰곰이 생각해봤다. 그런데 선생님 말씀대로 나는 내 마음의 이야기를 다른 누군가에게 꺼내본 적이 없었다. 솔직히 굳이 해야 할 필요성을 못 느꼈다. 왜냐하면 내 속마음을 얘기하면 사람들이 나를 무시할 것만 같았고 또 자기 이야기도 아닌데 굳이 사람들이 귀담아 들어줄 것 같지도 않았다. 그래서 항상 어렵고 힘든 일이 있어도 평생을 그래왔던 것처럼 '괜찮은 척, 강한 척' 했다. 그리고 혼자 남겨질 때면 고통스러워하고 슬퍼했다.

하지만 이제는 달라지고 싶었다. 나도 지금까지는 마음의 고통을 안고 살아 왔지만 이제는 그러고 싶지 않았다. 나도 누군가에게 내 속마음을 터놓고 이야기하고 싶었다. 그래서 선생님이 말씀하신 대로 친구들에게 먼저 다가가서 이야기를 해야겠다는 마음이 들었다. 지금이라도 당장 친구들을 찾아가려고 했는데 막상 찾아가서 이야기하려니까 낯간지럽고 부담스럽다는 마음이 들었으나 그래도 한 번 해봐야겠다는 마음으로 친구들을 찾아갔다. 지금까지 내가 했던 말과 행동에 대해서 조심스럽게 사과하고 친구들은 나를 어떻게 생각하는지 솔직하게 말해달라고 이야기했다. 내 이야기를 듣고 친구들은 처음에는 말하기를 망설이다가 진지한 나의 태도를 보고는 조심스럽게 자신이 생각하는 나의 모습을 이야기해주었다. 그렇게 하나둘씩 만나서 이야기를 듣다 보니까 내가 생각하는 나와 친구들이 생각하는 나는 정말 많이 달랐고, 지금까지 내가 나밖에 모르고 자기중심적으로 행동하고 있었다는 걸 발견할 수 있었다. 참 신기했던 건 선생님의 말씀처럼 친구들과 대화를 통해 마음을 나누고 서로 소통하다 보니까 서로의 마음이 연결되었고 자연스럽게 오해가 풀리고 불편했던 관계도 회복될 수 있었다. 또 내가 살아왔던 이야기를 친구들에게 해주었는데 생각보다 친구들은 내 이야기를 귀담아 들어주었고 또 많은 공감과 위로도 해주었다.

어렸을 때부터 누구한테 기댈 곳이 없었고 그래서 고민이 있어도 항상 혼자서 생각하고 마음에 담아둔 채 아파하고 괴로워했는데 처음으로 누군가에게 마음을 터놓고 이야기하자 생각보다 참 많은 변화가 생겨났다. 만약 내가 이야기하지 않고 항상 그래왔던 것처럼 혼자서 마음에 담아두고 있었으면 아마 나는 그 무게를 견디지 못하고 자퇴했을 것이다. 하지만 마음을 열고 이야기를 하자 내가 감당할 수 없고 어려운 문제를 선생님의 도움으로 원만하게 해결할 수 있었고 다행히 학교도 나가지 않고 잘 적응할 수 있었다.

우리는 살면서 가끔 스스로 감당하지 못하는 문제들이나 어려움을 만난다. 하지만 대부분의 사람은 지금까지 그래왔던 것처럼 다른 사람에게 말하거나 도움을 구하지 않고 스스로 혼자 해결하려는 성향을 가지고 있는 것 같다. 스스로 문제를 해결하면 참 다행이지만 그렇지 못할 경우에는 넘어지고 쓰러지기 마련이고, 그러다 보면 마음의 병도 들고 고립된다. 그러니 가끔은 힘들고 어려운 일이 있을 때 혼자 문제를 해결하려 하기보단 한번 주변 사람들에게 터놓고 나 힘들다고, 좀 도와달라고 이야기를 하는 것도 좋은 방법인 것 같다. 주위에 나를 도울 수 있는 사람이 많지 않다고 생각할 수도 있지만 조금만 관심을 갖고 둘러보면 생각보다 내 주위에 나를 도울 수 있는 사람은 무수히 많다. 그러니 힘들고 어려운 일이 있다면 그 무게를 혼자 감당하지 않았으면 좋겠다. 전기는 전선을 따라 흐르듯 마음은 마음을 따라 흐른다. 마음과 마음이 만나 서로 흐른다면 지금보다 훨씬 더 좋은 관계로 발전될 수 있을 것이다.

엄마

'엄마'는 참 많은 감정을 담고 있는 신기한 단어인 것 같다. 누구는 '엄마'라는 단어를 보고 문득 엄마가 그립고 보고 싶다는 감정이 들면서 뭉클하고 아련한 마음이 들었을 것이고 또 다른 사람은 갑자기 슬프고 미안한 감정이 들면서 눈가가 촉촉해졌을 것이다. 그 외에도 각자마다 '엄마'라는 단어를 보고 받아들이는 무언가가 있을 것 같다. 내게 엄마는 떠올리면 항상 미안하고 또 미안한 그런 존재이다. 충분히 그럴 만도 한 게 나는 어렸을 때부터 엄마가 아빠랑 싸워서 울거나 이혼하는 과정에서 할머니한테 쫓겨

나는 등 여러모로 많은 상처를 받는 걸 옆에서 대부분 지켜봤기 때문이다. 뿐만 아니라 내가 엄마 속을 가장 많이 썩인 장본인 중에 한 명이기 때문이다. 나는 엄마랑 살면서 아들로서 하지 말아야 행동과 말을 하면서 엄마 가슴에 참 많은 못을 박았다.

고등학교에서 기숙사 생활을 하며 엄마의 빈자리를 정말 많이 느꼈다. 청소부터 빨래, 설거지 등 하나부터 열까지 모든 것이 다 귀찮고 힘들었고 그때마다 '예전에는 엄마가 이런 걸 다 해줬는데…'라고 생각하니 엄마가 많이 그리웠다. 하지만 표현이 워낙 서툴러서 딱히 표현을 해야겠다는 생각을 하지 못하고 있었는데 하루는 학교에서 '사랑'이라는 주제로 마인드 강연을 듣게 되었다.

"여러분은 아직 자식을 안 낳아봐서 부모의 마음을 잘 모르죠? 부모는 그래요. 부모는 자식이 어떤 짓을 해도 다 예뻐 보여요. 저도 아이를 낳기 전까지는 많은 사람이 자식을 낳으면 참 행복하다고 하는데 그 말이 무슨 뜻인지 잘 몰랐어요. 그런데 아이를 낳고 보니까 그제야 이해가 되더라고요. 정말 아이가 너무 예쁘고 사랑스러운 거 있죠? 눈에 넣어도 안 아플 것 같고, 웃을 때면 깨물어 주고 싶고 가만히 보고만 있어도 행복하고 그래요. 한번은 아이가 좀 커서 말을 안 듣고 말썽을 부려서 화가 난 적이 있는데 참 이상한 게 그 순간이 지나고 나니까 또 언제 그랬냐는 듯이 사랑스럽더라고요. 아마도 이게 부모 마음인가 봐요. 부모는 자식이 사랑스럽고 예쁜 짓을 해서 예뻐 보이는 게 아니라 그냥 자기로 인해 탄생한 하나의 생명이기에 그 생명이 잘하고 못하고를 떠나서 그냥 그 자체로 사랑스럽고 예쁜 것 같아요. 아마 여러분의 부모님도 여러분을 그렇게 생각하실 거예요. 한번 생각해보세요. 여러분들 어렸을 때부터 지금까지 부모님 속 안 썩이고 말씀 잘 들었나요? 아니죠? 그런데 한 번이라도 부모님이 '야, 너는 나쁜 아들이니까, 나쁜 딸이니까 이제부터 내 아들, 딸 하지 마!'라고 하거나 '너 같은 자식은 필요 없어!'라고 한 적 있나요? 여러분들의 부모님은 여러분이 미운 행동을 해도, 말을 안 들어도 화내는 건 그때 잠깐뿐이지 항상 예뻐했을 거예요. 제 말이 맞나요?"

선생님의 이야기를 듣고 있는데 문득 엄마가 생각났다.

그리고 엄마와 함께했던 지난날들이 하나의 파노라마처럼 스쳐 지나갔다. 생각해보니까 선생님 말씀이 맞았다. 엄마는 나랑 싸운 날에도 항상 나를 위해 따뜻한 밥을 해주었고 그다음 날 학교에 잘 다녀오라며 웃으며 인사를 해주었다. 그뿐만 아니라 내가 아프기라도 하는 날이면 열은 없는지, 잠은 잘 자는지 밤늦게까지 병간호를 해주었고 그렇게 나를 위해 엄마를 희생했다. 엄마를 떠올리며 이런저런 생각을 하고 있는데 선생님의 이야기가 계속 들려왔다.

"제 이야기를 들으니까 갑자기 부모님이 그립고 보고 싶어지죠? 제가 여러분에게 꼭 하고 싶은 말이 있는데 이 시간이 끝나면 부모님에게 전화를 걸어 지금껏 낯간지러워서, 표현이 서툴러서 하지 못했던 말들을 솔직하게 표현했으면 좋겠어요. 어릴 때 속을 많이 썩여서 부모님에게 미안한 마음이 있는 친구는 미안하고 죄송하다고 이야기해보고 여태 동안 여러분을 예쁘게 키워주시고 멋진 아들딸로 키워주셔서 고맙고, 감사하다고 자신의 마음을 숨기지 말고 꺼내보면 좋겠어요. 그럼 여러분이 지금보다 부모님과 더 가까운 사이가 될 거예요."

선생님의 강연을 다 듣고 그 자리에 조용히 앉아 참 많은 생각을 했다. '나는 과연 지금까지 엄마한테 어떤 모습이었고 어떤 아들이었을까?' 생각을 하면 할수록 내 자신이 너무 부끄럽고 창피했다. 나는 여지껏 엄마를 웃게 하거나 행복하게 했던 적이 한 번도 없었다. 오히려 왜 나를 낳아서 이런 지옥 같은 세상에서 살게 하냐며 화를 내며 엄마 가슴에 피눈물 나게 했고 다 내가 잘되길 바라는 마음에 하는 잔소리인 줄 알면서도 욕을 하거나 밀치는 등 아들로서 하면 안 되는 패륜적인 행동을 했다. 생각해보면 나는 정말 못된 아들이었다. 엄마에게 정말 많은 잘못을 했다는 게 느껴지자 엄마에게 진심으로 사과하고 싶었다. 단 한 번도 엄마에게 진심을 다해 사과한 적 없는데 오늘 아니면 다음번에는 기회가 없을 것 같았고 이왕 마음먹은 김에 바로 전화를 걸었다.

"엄마, 잘 계셨어요? 저 태환이에요."

"어, 태환아. 웬일이야! 잘 있었어?"

"네, 엄마. 저는 잘 있어요."

"그래 어디 아픈 데는 없고? 학교생활은 할 만하고?"

"네, 없어요. 학교생활도 잘 적응해서 잘 있어요."

"그래, 다행이네. 엄마가 항상 너를 위해 기도하고 있어."

엄마는 내가 전화를 하자마자 내가 밥은 잘 먹고, 아픈데는 없는지 하나하나 물어보며 나에 대해 궁금한 걸 물어봤고 나는 엄마에게 언제 사과를 해야 될지 타이밍을 잡고있었다. 그러다 엄마가 나를 위해 기도하고 있다는 말에순간 감정이 북받쳐 올랐고 나도 모르게 엄마에게 사과를했다.

"엄마, 죄송해요."

뜬금없이 사과하는 나를 보며 엄마는 걱정 어린 말투로물었다.

"갑자기? 혹시 무슨 일 있어?"

"사실, 엄마에게 꼭 사과하고 싶었어요. 사실 제가 중학교 때 엄마 말씀 안 듣고 매일 말썽부렸잖아요. 사실 엄마가 뻔히 아빠 없이 힘들게 저를 키우는 걸 알면서도 항상엄마랑 싸울 때면 화내고 소리 지르고, 돌아서면 항상 후회하고, 다시는 그러지 말고 엄마 말 잘 들어야겠다고 매번다짐하지만 이상하게 엄마랑 싸울 때면 똑같이 반복하고.

저도 제가 왜 그랬는지 지금 와서 생각해보면 도무지 이해가 안 돼요. 그런데 그때는 제가 스스로 저를 통제할 수 없었어요."

엄마는 아무 말도 하지 않고 잠잠히 내 이야기에 귀 기울였고 나는 계속해서 말했다.

"그런데 고등학교에 오니까 알겠더라고요. 제가 지금까지 엄마에게 정말 잘못했다는 걸. 저는 이제까지 무조건 제가 잘했고 엄마가 잘못됐다고 생각했었어요. 그런데 그게 아니었어요. 제가 아들로서 그러면 안 되는데 엄마한테 정말 못되게 굴면서 잘못했던 거였어요. 그리고 엄마가 나를 위해 정말 많이 희생해주셨다는 것도 알게 되었어요. 집에 있을 때는 항상 엄마가 저를 위해 밥과 설거지를 해주시고 빨래를 해주시는 게 당연한 줄 알았는데 여기 오니까 전부 다 제가 해야 되고 참 힘들더라고요. 그러니까 엄마의 빈자리도 많이 느껴지고 이 모든 게 당연한 게 아니라 엄마가 나를 위해 희생하셨다는 생각이 드니까 엄마에게 참 많이 죄송하더라고요. 엄마, 진심으로 죄송해요. 저는 참 못된 아들이에요."

엄마는 내 이야기를 다 듣더니 목이 메이는 목소리로 차분히 대답했다.

"아니야, 태환아. 엄마가 미안해. 사실 예전에 네가 엄마랑 살 때 매번 너랑 싸우고 나면 엄마가 참 많이 미안했어. 왜냐하면 네가 마음고생도 많이 해서 힘들 거란 걸 뻔히 알면서도 엄마가 따뜻하게 품어주거나 잘해주지 못하고 너무 화만 내고 잔소리만 한 것 같았거든. 그래서 엄마도 지내는데 항상 미안한 마음이 들더라. 그리고 엄마는 태환이에게 정말 많이 고마워. 엄마가 잘해준 것도 없는데 태환이가 이렇게 예쁘게 자라줘서. 엄마는 지금 너무 행복하고 하나님께 참 감사하다. 그리고 있잖아. 엄마는 한 번도 널 미워했던 적이 없어. 태환이가 어떠하든지 엄마 눈엔 항상 사랑스럽고 그때나 지금이나 너는 엄마에게 가장 멋진 아들이야."

나는 마지막으로 엄마에게 사랑한다고 말하고 전화를 끊었다. 그리고 기숙사로 돌아와 자리에 누워 참 많이 울었다. 왜냐하면 태어나서 처음으로 엄마의 따뜻한 사랑이 진하게 느껴졌기 때문이다. 나는 엄마가 나를 싫어하는 줄 알았다. 왜냐하면 중학생 때 너무 말을 안 들어서 나를 미워할 거라 생각했는데 그건 나의 오해였고 선생님 말씀처럼 엄마의 사랑에는 아무런 조건이 없었다. 나 때문에 힘들고 상처를 받아도 자신이 낳았다는 이유 하나만으로 모든 걸 용서하고 여전히 나를 사랑하고 있었다. 엄마에게 진 빚을 언제쯤 다 갚을 수 있을까? 나는 아직도 철이 없고 부족하기만 한데 잘 돼서 엄마에게 꼭 보답하고 싶다.

성인이 되고 한번은 오랜만에 초등학교 친구를 만나 밥을 먹으면서 추억이 담긴 옛날 이야기부터 요즘은 어떻게 살고 있는지 등 시간 가는 줄 모르고 떠들고 있었다. 그런데 갑자기 친구는 대뜸 다음 달에 결혼을 한다고 했다. 나는 순간 당황했다. '우리 나이가 고작 24살밖에 안 됐는데 너무 빨리 결혼하는 건 아닌가?'라는 생각이 들었기 때문이다. 그런데 한편으론 그만큼 친구가 평생을 함께 하고픈 사람이 생겼다고 생각하니까 친구가 대단하기도 하고 멋지고 부러웠다. 그래서 나는 친구의 결혼 소식에 진심으로 축하해 주었다.

친구는 결혼해서 예쁜 가정을 꾸렸고, 이듬해 자신을 쏙 빼닮은 아기를 낳고 정말 귀엽지 않냐며 한 장의 사진을 보내왔다. 나는 사진 속 아기를 바라보며 이마부터 눈, 코, 입 등 모든 게 친구와 닮은 아기가 참 신기하고 귀여웠다. 그러다 문득 친구에게 육아가 힘들진 않냐고 물어보았는데 친구는 내게 이렇게 대답했다.

"육아? 음, 사실 정말 힘들어. 뭐랄까, 솔직히 말하면 아기를 키운다는 건 하루하루를 힘겹게 버티는 느낌이야. 아침 일찍 일어나서 분유를 먹이고, 씻기고, 놀아주고, 재워주면서 정신없이 육아를 하다 보면 어느새 해가 다 저물고 하루가 다 끝나 있고, 밤에는 아기가 자꾸 깨서 잠도 제대로 자지 못해. 그러다 다음 날이 되면 또다시 어제의 일을 반복하고 그렇게 하루하루를 겨우 버텨내며 간신히 살아가는 것 같아."

육아가 많이 힘들고 어렵다는 건 예전부터 지레짐작으로나마 알고 있었기에 친구도 당연히 힘들 거라 생각했지만, 친구의 이야기를 들으면서 내가 생각하는 것보다 훨씬 더 힘들 것 같다는 생각이 들었다.

"그런데 예전에 남편과 둘만 있을 때는 전혀 느끼지 못

했던 행복이 아기로 인해 생겼어. 예를 들어, 하루가 너무 지치고 힘든데 이상하게 아기가 날 향해 웃어주면 갑자기 힘든 게 모두 사라진다? 그러다 뒤돌아서면 또다시 힘들고 지치다가도 다시 아기를 바라볼 때면 없던 힘이 막 생기면 서 괜찮아져. 그리고 아기가 하루하루 달라지고 커 가는 모습을 보면 막 설레고 가슴이 벌렁벌렁거리고 마음이 간질 간질하기도 해. 예전에는 몰랐는데 왜 사람들이 아기를 낳으면 전에는 몰랐던 새로운 행복을 발견한다고 하는지 이 제 좀 알 것 같아."

친구의 이야기를 듣는데 순간 울컥했다. 친구는 아직 마냥 어리고 누구를 책임지기엔 버거운 나이인 것 같은데 자신에게서 탄생한 생명을 온 마음을 다해 책임지려고 하는 모습을 보면서 문득 나의 엄마가 생각났기 때문이다. 아마 엄마도 그랬을 것이다. 누구보다 가장 예쁘고 아름다웠던 꽃다운 나이에, 아직은 누구를 책임질 준비가 안 된 미숙한 상태로 우리를 낳았을 것이고 하루하루를 힘겹게 버티며 악착같이 키웠을 것이다. 우리를 낳은 후로는 자신의 삶을 내려놓고 자식을 위해 시간과 정성을 쏟았을 것이다. 가끔은 현실에 치여 지치고 힘들다가도 우리의 웃는 모습을 보면서 힘듦을 잊고 행복하게 미소를 지었을 것이다. 전에는 엄마로 인해 행복했다면 이제는 나로 인해 행복했을 것이고 그렇게 나를 위해 엄마의 전부를 걸었을 것이다.

'엄마.'

단어만 들어도 가슴이 뭉클해지고 따뜻해지는 고마운 이름이다.

두 마리의 늑대

고등학교에 입학한 지 벌써 4개월이라는 시간이 지났다. 그사이에 참 많은 일이 있었고 나에게도 예전과 달리 많은 변화가 찾아왔다. 그리고 어느덧 학교에 입학 후 첫 시험 날짜가 다가왔는데 사실 초등학교 때 축구를 접은 뒤 공부라는 걸 아예 하지 않았던 터라 나에게 시험은 크게 중요하지 않았고 관심도 없었다. 시험 소식에도 시험일 역시 내게 평범한 하루일 뿐이라고 생각하며 가볍게 지나가려고 했는데 하필 모의시험 성적이 형편없이 나오는 바람에 선생님과 상담을 하게 되었다.

"태환아, 시험 성적이 이게 뭐야. 너 공부 정말 안 할래?"

"선생님 그거 공부 안 해서 나온 성적 아니에요. 그거 그냥 제 실력이에요."

그러자 선생님은 고개를 절레절레 흔들며 내게 말했다.

"이게 네 실력이라고? 아니, 이거 네 실력 아니야."

갑자기 나를 다 아는 듯 말씀하시는 선생님 태도에 당황해서 헛웃음이 나왔다.

"하, 아니… 선생님, 선생님이 제 실력을 어떻게 알고 그렇게 말씀하시는 거예요. 그거 제 실력 맞아요. 저 어렸을 때부터 공부 진짜 못했어요. 어느 정도로 못했냐면 중학교 3학년 마지막 기말고사 때 수학 점수를 3.5점 맞았어요. 그런데 성적표를 받는 당일에 수학 선생님께서 성적표를 다 나눠주시고는 저를 앞으로 불러내셔서 '야! 김태환 너 커닝했지?'라고 말씀하셨어요. 선생님 말이 떨어지기 무섭게 반 아이들이 저를 보며 엄청 크게 웃었고 저는 그날 반에서 큰 놀림감이 되었죠. 그런데 그때 진짜 커닝은 안 했어요. 아무튼 저는 그만큼 공부를 못해요. 수학 3.5점 맞았으면 말 다 한 거죠 뭐."

내 이야기를 듣고는 선생님은 한참을 크게 웃었고 그러다 목을 가다듬고 말했다.

"태환아, 내가 재밌는 이야기 하나 해줄까? 너 혹시 두 마리의 늑대 이야기 들어본 적 있어?"

"아니요, 못 들어봤어요."

"미국 조지아주 북서쪽에는 시원한 푸른 빛깔의 활엽수와 무성하게 자란 푸른 소나무들로 어우러진 산들이 많아서 휴양지로 자주 사람들이 오고 가는 체로키 카운티라는 곳이 있대. 그리고 그곳에는 작은 인디언 마을이 있는데 옛날부터 많은 인디언들이 삼삼오오 모여 살고 있어. 그런데 그 인디언 마을에는 예전부터 전해 내려오는 전설이 하나 있대.

어느 날 체로키 인디언 마을에 추장님은 밖에서 친구들과 천진난만하게 뛰어놀고 있는 어린 손자를 불러 앉혀놓고 이렇게 말했지.

"우리 마음속에는 뽀얗고 하얀 빛깔에 고운 눈망울을 가진 선한 늑대와 눈빛은 마치 악마처럼 쭉 찢어지고 피부는 다 타고 남은 잿더미처럼 푸석푸석하고 검은 털을 가진 무시무시한 악한 늑대가 살고 있는데 그 늑대들은 틈만 나면 항상 서로 치고 박고 싸운단다."

그러자 추장님의 이야기를 들은 손자는 할아버지의 이야기가 재밌었는지 귀를 쫑긋 세우고는 호기심이 가득한 눈동자로 추장님을 빤히 쳐다보면서 이렇게 대답했어.

"할아버지 그 늑대들은 어떻게 싸우나요?"

"악한 늑대는 아주 추악한 늑대인데 악한 늑대가 가지고 있는 마음은 화내고 짜증 내고 슬퍼하고 욕심내고 남과 비교하고 혼자만 생각하는 이기심을 가지고 있단다. 하지만 그와 반대로 선한 늑대가 가지고 있는 마음은 기쁨, 사랑, 인내심, 배려, 친절, 진실함, 겸손, 동정심, 용기 그리고 믿음을 가지고 있고 그 착한 늑대는 참으로 아름답지. 만약 네 마음속에서 이 둘이 싸움을 한다면 과연 누가 이길 것 같으냐?"

할아버지의 질문에 손자는 잠시 곰곰이 생각에 잠긴 듯 아무 말을 하지 않았고 그러다 번뜩 무엇이 떠오른 듯 자신감이 가득 찬 표정을 지으며 이렇게 대답했어.

"그야 당연히 힘이 센 쪽이 이기겠지요! 그런데 어떤 쪽이 더 힘이 센가요?"

추장님은 손자의 질문을 듣고 빙그레 웃으며 한동안 아무 말 없이 손자를 바라보았고 그러다 갑자기 표정을 굳히더니 아주 단호한 목소리로 대답했어.

"네가 먹이를 준 늑대가 이긴단다."

태환아, 잘 들어봐. 보통 사람들은 하루에 오만가지 생각을 한다고 하잖아. 그것처럼 네 마음에도 수많은 여러 가지 생각이 존재할 거야. 그런데 어떤 생각은 너에게 도움이 되고 유익한 생각이고, 또 다른 생각은 너를 힘들게 하고 망하게 하는 생각일 거야. 그런데 한번 생각해보자. 태환이는 지금까지 어떤 생각을 받아주면서 살았어? 혹시 지금처럼 '나는 안 돼, 나는 할 수 없어'라는 생각을 하면서 네 자신을 스스로 속이고 살진 않았어?"

가만히 귀 기울이며 듣고 있는데 선생님께서 질문을 하셨고 나는 내가 느끼는 그대로 대답했다.

"음… 맞아요. 사실 저는 저한테 되게 부정적이에요. 왜냐하면 저는 어렸을 때부터 제대로 되는 일도 없었고, 솔직히 말하면 크게 잘하는 것도 없어요. 그나마 잘하는 게 축구인데 축구도 하다가 도중에 다쳐서 그만두고 그렇다고 제가 공부를 잘하는 것도 아니고…. 그래서 저는 항상 시험 성적이 낮게 나오면 제가 공부를 못해서 나오는 당연한 결과라고 생각하면서 딱히 부정하지 않고 살았어요."

"그래! 바로 그거야. 그게 바로 네가 속은 거야."

"엥? 이게 속은 거라고요?"

너무 뚱딴지같은 선생님의 말씀에 어이없다는 표정을 짓자 선생님은 아랑곳하지 않고 계속 말씀하셨다.

"잘 들어봐. 시험 성적이 낮게 나온 거랑 네가 공부를 못 하는 거랑 관계가 있을까?"

"그야 당연히 있죠!"

"아니? 정확히 말하면 없어. 왜인 줄 알아? 솔직히 양심에 손을 얹고 한번 이야기해봐. 네가 시험공부를 제대로 한 적이 있어?"

선생님의 질문에 순간 창피해서 얼굴이 빨개졌고 고개를 흔들며 없다고 대답했다.

"봐, 선생님이 뭐라고 하려는 게 아니라 애초부터 네가 공부를 제대로 한 적이 없어. 그니까 성적이 안 나오는 건 당연한 거야. 만약 태환이가 공부를 열심히 했더라면 당연히 결과도 달라졌겠지! 선생님 말이 맞아?"

생각하면서 듣느라 선생님의 질문에 대답을 하지 못했고 선생님은 계속 말했다.

"좀 더 이야기해보자! 아까 내가 두 마리 늑대에 대해서 이야기했잖아. 그것처럼 우리 마음에도 두 가지의 생각이 존재해. 당연히 너를 좋은 방향으로 이끄는 생각은 네가 하는 생각이겠지만, 반대로 너를 무너뜨리거나 부정적으로 이끌고 가는 생각은 네게서 나오는 생각이 아니야. 그럼 이 생각은 어디서 왔을까?"

나는 선생님의 질문을 듣고 마인드 강연시간이나 채플 시간에 비슷한 이야기를 들은 것이 문득 떠올랐고 그대로 대답했다.

"악령?"

"그래 맞아! 악령이 넣어준 생각이야! 악령은 네 삶이 어렵고 힘들어서 결국 파멸로 가길 간절히 원해! 그러니까 자꾸 너에게 부정적인 생각을 넣어주면서 널 속이는 거야. 그런데 그 정체를 모르니까 태환이는 당연히 네게서 나오

177

는 생각이라고 생각하면서 속고 사는 거고. 그런데 엄밀히 말하면 이건 네 생각이 아니라 악령이 넣어준 악한 생각인 거야!"

선생님께서 하나하나 천천히 짚어주시면서 이야기를 해주시자 전에는 잘 이해되지 않았던 내용이 쉽게 이해되면서 조금 알 것 같았다. 나는 여태 동안 내게서 올라오는 생각은 다 내 생각인 줄 알았고, 나를 힘들고 불편하게 만드는 부정적인 생각도 다 받아주면서 살았다. 그런데 선생님 말씀을 듣고 보니까 내게서 올라오는 생각은 나를 힘들게 하거나 어렵게 할 이유가 전혀 없었다. 다시 말해 나를 불행하게 만드는 생각은 내 생각이 아니라 악령이 넣어준 악한 생각이었고 그걸 깨닫는 순간 소름이 돋았다.

"태환아, 아까 손자가 추장님에게 두 마리의 늑대가 싸우면 누가 이기냐고 그랬지? 그래서 추장님이 뭐라고 대답했어?"

"먹이를 주는 늑대가 이긴다고요?"

"맞아! 먹이를 주는 늑대가 이긴다고 대답했어. 자 봐. 태환아, 너는 지금까지 누구에게 먹이를 줬어? 긍정적인 생각에 먹이를 줬어? 아니면 부정적인 생각에다가 먹이를 줬어?"

"음… 아마도 부정적인 생각에 자주 먹이를 줬던 것 같아요."

"그치? 선생님 생각도 그래. 만약 태환이가 부정적인 생각에 먹이를 주지 않았다면 아까 선생님이 왜 공부를 안 하냐고 했을 때 공부를 못한다고 말을 안 했을 거야. 공부를 못하는 건 그건 진짜가 아니기 때문이지. 사실 너는 공부를 못하지 않아. 너도 하면 충분히 잘할 수 있는데 '원래 너는 공부를 못해, 공부해도 성적 안 나올 거니까 그냥 할 필요 없어' 하면서 네 마음이 너를 속인 거야. 그리고 태환이는 그 생각을 계속 받아들이면서 부정적인 생각에다가 계속 먹이를 주었던 거고. 그런데 태환아, 이제부터라도 너를 망하게 하는 그 소리에 먹이를 주지 말고 반대로 긍정적인 생각에다가 먹이를 줘봐. 예를 들면, '나는 공부를 못해, 할 수 없어'라는 생각이 들 때면 그걸 받아주지 말고 '아니? 나도 충분히 잘할 수 있어, 나도 하면 돼!'라고 받아치는 거야. 지금까지 태환이가 이렇게 살아오지 않았기 때문에 아마도 처음에는 어려울 수 있고 잘 안 될 수도 있는데 그래도 꾸준히 하다 보면 할 수 있을 거야! 그리고 하다가 잘 안 되면 언제든지 선생님을 찾아와도 좋고. 알겠지?"

선생님의 말씀을 듣고 나는 지금까지 내가 긍정적인 생각보다는 부정적인 생각에다가 먹이를 주고 살아왔다는 걸 깨달았고 선생님 말씀대로 더 이상 부정적인 생각에다가 먹이를 주기보단 긍정적인 생각에다가 먹이를 주고 싶었다. 그래서 나는 선생님께 이렇게 말했다.

"네, 선생님. 한번 해볼게요!"

생각과의 싸움

선생님과 대화를 끝내고 교실로 돌아왔는데 갑자기 이번 시험은 잘 볼 수 있을 것만 같았다. 그래서 어떻게 하면 시험 성적이 잘 나올 수 있을까 고민하다가 문득 공부 잘하는 친구 옆에서 시험공부를 해야겠다는 생각이 들었고, 누구에게 갈까 고민하던 중 평소 행실이 바르고 열심히 공부하는 모범생 친구가 눈에 들어왔다. 자습하는 친구에게 찾아가 옆에서 공부해도 되냐고 조심스럽게 물었는데 친구는 공부를 하지 않는 내가 갑자기 그러니까 조금 당황한 표정을 지었지만 선뜻 그렇게 하라고 했다. 그래서 나는 그날부터 친구 옆에 찰떡처럼 붙어 앉아 열심히 공부를 해야 겠다고 마음먹었다.

그렇게 마음을 다잡고 첫 장을 펼쳤는데 검은 건 글씨 요, 흰 건 종이라는 생각과 함께 정말 하나도 모르겠다는 생각이 들었다. 그래서 여느 때와 비슷하게 바로 책을 덮어 버리고 책상에 엎드려서 잠을 청했는데 순간 이 생각도 내 생각이 아닌 나를 공부하지 못하게 방해하는 생각이라는 느낌이 들었다. 그래서 죽이 되든 밥이 되든 책을 펼쳐서 앉아만 있자는 생각으로 책을 가만히 쳐다보았다. 그러다 보니 천천히 문제를 하나씩 보게 되고 모르는 건 답지를 봐가면서 문제를 풀게 되었다. 답지를 봐도 모르는 게 있으 면 옆에 친구에게 설명 좀 해달라고 부탁했다.

참 고마웠던 건 친구도 시험 기간이라서 공부를 해야 됐 음에도 불구하고 내가 모르는 걸 하나하나 친절하게 설명 해주었고 그렇게 하나씩 배워나갔다. 또 신기했던 건 배우 면 배울수록 태어나서 한 번도 재밌다고 생각해 본 적 없 는 공부가 재밌게 느껴졌고 모르는 걸 알아가고 어려운 문 제를 풀 때면 거기서 오는 희열감을 느끼며 누가 시키지 않아도 스스로 공부를 하게 되었다.

그러던 어느 날 시험 날짜가 일주일 앞으로 다가와서 모의고사를 치렀는데 생각했던 만큼 점수가 잘 나오질 않았고 점수를 눈으로 확인하는 순간 '열심히 해도 역시 안 되네'라는 생각이 들었다. 그러자 갑자기 공부가 하기 싫어졌고 시험 성적을 받은 하루 동안 아무것도 안 하고 가만히 앉아 멍만 때리고 있었다. 그런 나를 지나가던 선생님께서 보시곤 옆에 앉으시더니 장난스러운 말투로 왜 세상 다 잃은 것처럼 멍 때리고 있냐고 물으셨고 나는 투덜거리며 선생님에게 오늘 있었던 일에 대해서 말했다.

"선생님, 저는 역시 해도 안 되나 봐요. 오늘 모의고사를 치렀는데 망했어요."

그러자 선생님은 뭔가 나를 다 안다는 듯이 "태환이가 또 검은 늑대에게 먹이를 줬구나?"라며 웃으며 말씀하셨고 선생님 말씀을 듣자 갑자기 정신이 번쩍 들었다. 나름대로 마인드 컨트롤을 잘하면서 잘 지내고 있다고 생각했는데 선생님 말씀대로 내가 모르는 사이에 검은 늑대에게 먹이를 던져 주고 있었다. 그러면서도 잘 지내고 있다고 생각한 것이 섬뜩했다. 그걸 깨닫는 순간 다시 정신 차리고 펜을 잡고 공부에 집중했다. 공부하는 순간순간 검은 늑대의 울음소리는 종종 들려왔지만 그럴 때마다 검은 늑대가 내게 속삭이는 말과 반대되는 말로 받아쳤다. 그렇게 며칠이 지나자 선생님 말씀처럼 처음에는 어렵고 질 것만 같았던 부정적인 생각과의 싸움이 차츰 쉽게 느껴졌고 어느새 검은 늑대의 울음소리는 서서히 약해져 있었다.

어느덧 기다리고 기다리던 첫 시험 날이 밝았고 교실에 들어가자 심장은 매우 빠르게 뛰었다. 손에서는 펜을 잡으면 미끄러질 정도로 땀이 났다. 매번 시험 날은 놀러간다는 생각을 해왔기에 이렇게 긴장하는 건 처음이었고, 열심히 준비한 만큼 성과가 있으면 하는 바람에 더욱더 긴장되었다. 벌렁거리는 가슴을 진정시키며 차분히 교실에서 시험이 시작되기를 바라고 있었는데 또다시 검은 늑대의 울음소리가 들려왔다.

"이렇게 준비했는데 시험 성적 안 나오면 어떡하냐? 괜히 공부한다고 별 꼴값을 다 떨어놓고 성적 안 나오면 놀림감만 될 텐데 감당은 가능하겠냐?"

늑대의 울음소리가 들리자 순간 무서웠다. 나름 공부도 열심히 했고 친구들이 잘 준비했냐고 물어볼 때마다 100점 맞을 거라고 자신감이 넘친 목소리로 이야기했는데 괜히 속된 말로 깝친 건 아닌가 싶었다. 전날, 친구가 시험 때문에 불안할 때면 하나님께 기도를 한다고 했던 게 생각이 나서 나도 따라 해보았다. 기도를 마치자 불안했던 마음이 사라지면서 마음이 참 편안했다. 그리고 때마침 시험 감독님께서 시험지를 나눠주셨고 아무런 생각 없이 편안한 마음으로 문제를 하나씩 하나씩 풀어나갔다.

시험을 다 마치고 교실 밖으로 나오자 헷갈렸던 문제들이 생각나면서 왠지 모를 불안감이 또 밀려왔다. 하지만 이내 시험은 내 손을 떠났고 더 이상 내가 붙잡고 있어 봐야 소용없다는 생각이 들었다. 그러자 마음이 다시 차분해졌다. 남은 시험들까지 무사히 마치고 친구들과 삼삼오오 모여 시험문제를 채점했는데 채점을 하는 동안 자꾸 온몸에 소름이 끼쳤다. 장마가 내리던 시험지에선 함박눈이 펑펑 내리고 있었기 때문이다. 그리고 더욱 나를 놀라게 했던 건 나는 그날 수학시험에서 100점을 맞았다. 100점짜리 시험지를 가만히 들고 서 있는데 전혀 믿기지 않았다. 태어나서 한 번도 100점이란 점수를 맞아본 적이 없었다. 불과 10개월 전까지만 해도 객관식은 다 틀리고 주관식을 찍어서 3.5점 맞았었는데, 공부를 해서 100점이 나왔다는 게 무척 놀라웠다. 나는 이걸 얼른 선생님께 자랑해야겠다는 마음에 달려가서 선생님을 보여드리자 선생님도 무척 기뻐하시면서 잘했다고 칭찬해 주셨고 그렇게 그날 나에겐 평생 잊지 못할 뜻깊은 시간이 되었다.

우리는 살아가면서 매일매일 많은 걱정과 고민을 한다. 예를 들면, 시험이나 취업, 사업 등 뭔가를 이뤄내야 할 때면 '과연 내가 잘할 수 있을까? 잘 해낼 수 있을까?' 여러 가지 생각과 함께 많은 불안감이 찾아오고 하루를 지내면서도 문득 '과연 내가 지금 잘살고 있는 건가?'란 의문이 들면서 걱정이 밀려들 때가 있다. 그럴 때 우리가 기억해야 하는 건 불안, 슬픔, 원망 등 나에게 유익하지 않은 생각과 고민들은 다 나를 망하게 하고 힘들게 하려는 검은 늑대의 울음소리라는 것이다. 그 소리를 받아주면 우리는 잘 살 수 없다. 그쪽에다가 계속 먹이를 던져 주면 그 소리는 점점 더 커질 것이고 결국 나와 내 삶을 집어삼키고 불행하게 만들 것이다. 그렇기 때문에 살면서 자주자주 '이 생각이 나에게 도움 될까?' 하며 생각의 출처가 어딘지 깊이 사고하면서 살아야 한다. 앞서 선생님이 내게 말한 것처럼 처음에는 분간하기 힘들고 어렵겠지만 조금만 의식하고 산다면 충분히 알 수 있고 그렇게 하나씩 하나씩 생각을 정리해나간다면 분명 삶 또한 가지런해지고 행복해질 것이다.

나처럼 불행, 슬픔, 원망 등 부정적인 생각에다가 먹이를 던져 주고 살았다면 이제는 희망, 기쁨, 행복 등 긍정적인 생각에다가 한번 먹이를 던져보길 권하고 싶다. 그래서 당신의 삶이 지금보다 더 행복해졌으면 좋겠다.

결국 삶은 믿는 대로 되는 거니까.

누군가를 용서한다는 것

살면서 죽도록 미워하는, 미워했던 사람이 있는가? 그리고 그런 사람을 용서해 본 적이 있는가? 나는 아빠를 세상에서 가장 미워했었다. 어렸을 때부터 엄마에게 화내고 소리 지르는 아빠가 너무 미웠고 우리 가정이 박살난 것도 다 아빠가 가정을 똑바로 돌보지 못한 탓이라고 생각했다. 아빠는 내가 어려서 전혀 모를 거라고 생각하겠지만 엄마와 헤어지지도 않은 상태에서 다른 여자와 바람을 피웠다고 생각하니 도저히 속에서 올라오는 분노를 주체할 수가 없었다. 아빠랑 살 때도 아빠와 새엄마랑 함께 집에서 같이 사는 게 역겨웠고 그들을 마주하는 것조차 너무 화가 났다. 하지만 그때 당시에는 내가 어리고 힘이 없던 때라 내 마음을 숨기고 또 숨기면서 안 그런 척 웃으며 최대한 그 환경에 적응하려고 애를 썼다. 그리고 매일 밤 생각했다. 내가 성인이 되는 순간 지금까지 내가 겪었던 슬픔과 아픔을 그대로 다 돌려줄 거라고, 아빠뿐만 아니라 새엄마와 그 가정까지도 모조리 박살내서 나에게 극심한 고통과 슬픔을 안겨준 모두에게 그대로 돌려줄 거라고 말이다. 우리 가정을 무너뜨리고 엄마와 나, 동생에게 피눈물을 안겨준 사람들과 그 사람들과 연관된 모든 사람들까지도 똑같이 아니, 그 이상 갚아줄 거라고 다짐했다.

물론 나도 아빠를 이해하거나 용서를 하지 않으려고 했던 건 아니다. 아빠도 엄마와 헤어지고 자주는 아니지만 가끔 나에게 엄마와 헤어진 이유와 그럴 수밖에 없었던 이유를 설명하기도 했었다. 하지만 그럴 때마다 아무리 아빠에게 설명을 듣고 이해하려고 해도 도무지 내 머리로는 이해할 수 없었다. 아빠가 나를 불러 놓고 하나하나 설명하면서 이해시키려고 노력하는 모습조차 나는 화가 났고, 나중에

189

어떻게 될지 뻔히 보이니까 괜히 겁이 나서 아빠가 변명하는 거라는 생각뿐이었다. 솔직히 말하면 아빠를 이해하고 싶지도 않았다. 얼른 시간이 흘러서 성인이 되기만을 잠자코 기다렸고, 성인이 되는 순간 내 계획대로 실행하리라 다짐했다. 그러다 고등학교에 와서 좋은 선생님과 친구들을 만나 한동안 그런 분노와 미움을 잊고 잘 지내고 있었는데 어느 날 교장 선생님께서 부르시더니 말씀하셨다.

"태환아, 너는 아빠를 어떻게 생각해?"

뜬금없는 질문에 나는 잠시 대답을 하지 않으며 망설였고 그러자 선생님께서 말씀하셨다.

"음, 다른 게 아니라 태환이가 살아온 환경을 보면 참 많이 힘들었겠다는 생각이 들어서. 그리고 아빠나 새엄마의 대한 여러 가지 복잡한 감정과 마음도 있겠다는 생각이 문득 들어서 한번 너랑 진지하게 대화해보고 싶었어. 혹시 내가 도울 수 있는 게 있다면 돕고 싶기도 하고. 너는 아빠나 새엄마를 지금 어떻게 생각하고 있어? 한번 솔직하게 이야기해줄래?"

살면서 아무도 나에게 이런 질문을 한 적 없는데 다른

사람도 아닌 선생님께서 나를 직접 불러 놓고 말씀하신다는 게 조금 놀랐고 선생님이라면 아빠에 대한 나의 솔직한 마음을 터놓고 이야기해도 되겠다는 생각에 내가 가진 마음을 숨기지 않고 그대로 표현했다.

"선생님께서 솔직하게 말씀하라고 하셨으니까 저도 솔직하게 표현할게요. 사실 저는 아빠랑 새엄마가 너무 싫어요. 어느 정도로 싫냐면 생각만 해도 분노가 치밀어 오르고 또 이런 말씀까지 드리긴 죄송하지만 고등학교에 입학하기 전까지만 해도 저는 성인이 되면 제가 겪었던 아픔과 슬픔을 그대로 돌려줄 거라고 다짐했었어요. 물론 지금은 그런 생각이 잘 나질 않지만 그래도 아직까지 용서가 안 돼요. 사실 저도 이해하지 않으려고 했던 건 아니에요. 그런데 도무지 이해가 안 되더라고요. 그냥 그런 상태인 것 같아요."

내 이야기를 진중하게 들으신 선생님은 잠시 고민하시듯 아무런 말씀을 하시지 않다가 나를 지그시 바라보셨다.

"태환아, 일단 먼저 내가 너라도 아빠나 새엄마를 이해할 순 없을 것 같아. 네가 지금 이렇게 담담하게 말해도 슬픈데 너는 얼마나 슬펐겠니. 아마 지금 내가 느끼는 감정에 몇 배는 더 슬프고 힘들었겠지."

선생님은 나를 위로하고 싶으셨는지 내 말에 공감해주셨고 그래서인지는 몰라도 갑자기 참았던 설움이 올라오면서 나도 모르게 눈가에 눈물이 고였다. 하지만 울고 싶지는 않았던 터라 억지로 담담한 척 미소를 지으며 참고 있는데 선생님께서 말씀하셨다.

"그런데 태환아, 아빠가 지금까지 한 모든 것들 그거 아빠가 그렇게 하고 싶어서 한 건 아닐 거다."

내가 의아한 표정을 짓자 선생님께서 계속 말했다.

"정말이야, 그거 아빠가 그렇게 하고 싶어서 한 거 아니야. 아빠도 속은 거야. 태환아, 잘 생각해봐. 예전에 네가 중학교 시절 엄마 말을 잘 듣고 싶어도 잘 안 됐지? 너도 엄마에게 화내기 싫고 짜증 내기 싫은데도 이상하게 네가 스스로 통제할 수 없었잖아. 그리고 그렇게 행동하고 나면 항상 후회했고. 그런데 생각해보자. 네가 원해서 했던 행동이면 후회를 안 했겠지? 그런데 후회를 했다는 건 네가 하고 싶지 않았던 행동을 했던 거고 그래서 후회했던 거잖아. 사실 그때까만 해도 너는 네가 그렇게 행동한 게 다 네 스스로 했다고 생각했을 텐데 학교에 와서 선생님들과 대화를 하고 말씀을 들으면서 그 정체가 네가 아니라는 걸 알게 되었잖아. 그것처럼 아빠도 똑같아. 내가 생각했을 땐 아빠도 아빠가 원해서 엄마랑 이혼하고 이렇게 비참한 결말을 가져간 게 아닐 거야. 아빠도 당연히 한 가정의 가장으로서 집안을 지키고 싶었을 거야. 하지만 자꾸만 비집고 들어오는 부정적인 생각을 아빠는 저지할 수 있는 힘이 없었고 그래서 안타깝게도 결국 그 생각을 따라간 거지. 아마도 아빠는 지금 누구에게 표현은 못 해도 정말 많이 후회하고 있을 거야. 그때 조금만 다르게 행동하고 다른 선택을 했다면 지금 이렇게 많은 사람들에게 상처를 남기지 않아도 됐을 텐데 하면서 심적으로 많이 힘드실 거다. 그리고 내 생각엔 새엄마도 비슷할 거라고 생각해. 자신이 하는 행동이 한 가정을 망치는 거라고 생각했다면 아마도 그러진 못했을 거야. 새엄마도 지금 엄청 후회하고 있을 거야."

선생님 말씀을 잠잠히 듣고 있는데 두 가지 생각이 올라왔다. 첫 번째는 중학교 시절, 내가 원치 않아도 자꾸 이상

한 행동과 말을 하면서 엄마나 주변 사람들에게 상처를 줬던 것처럼 아빠랑 새엄마도 그러고 싶지 않았겠지만 부정적인 마음에 속아 그랬을 수도 있다는 생각을 했다. 그리고 또 다른 생각은 '선생님은 그래서 지금 나보고 아빠와 새엄마를 이해하라고 하시는 건가?'라는 의문이었다. 선생님은 그런 내 속을 훤히 들여다보신 듯 말씀하셨다.

"아, 물론 오해는 하지 말렴. 내가 이 이야기를 하는 건 아빠나 새엄마를 이해하라는 의미로 말한 건 절대 아니야. 아빠랑 새엄마가 그렇게 한 건 확실히 잘못한 게 맞아. 그리고 솔직히 말해서 내가 이해를 강요한다고 해서 네가 이해할 수 없다는 것도 잘 알고. 하지만 태환이가 정확하게 알았으면 하는 건 결국 마음이 모두를 속였다는 거야. 나는 태환이가 그 본질을 정확히 알았으면 좋겠어. 그래서 정확히 말하면 네가 미워해야 될 대상이 아빠나 새엄마처럼 사람이 아니라 마음에 존재하는 그 부정성이 되어야 하는 거야."

선생님께서 하나씩 하나씩 천천히 짚어주시면서 이야기를 해주시자 평생 풀리지 않을 것만 같았던 얽히고설켜 있던 아빠의 대한 미운 감정이 녹아내리면서 눈물이 났다. 흐르는 눈물을 애써 닦아 봤지만 눈물은 멈추질 않았고 그렇게 뺨을 타고 계속 흘러내렸다.

생각해보니 선생님 말씀이 맞았다. 물론 아빠가 잘못한 건 분명하지만 아빠도 그러고 싶어서 그런 건 아닐 것이다. 아빠도 한 가정의 가장으로서 최선을 다해 가정을 지키고 싶었을 것이고 최선을 다하며 노력했을 것이다. 하지만 생각만큼 마음을 바꾸기란 쉽지 않았고 또 부정적인 마음에 지배당해 이런 비극적인 결말을 맞이했을 것이다.

잠시 동안 아무 말도 하지 않은 채 고개를 숙이고 눈물을 흘리고 있는데 선생님께서 말씀하셨다.

"태환아 궁금한 게 있는데 솔직히 아빠가 널 미워한다고 생각해?"

"아니요."

"그렇지? 아빠는 널 미워하지 않아. 오히려 너에게 미안한 감정을 품고 있을 거야. 자신 때문에 아들이 이런 아픔을 겪었다고 생각하시면서 항상 미안하고 안쓰럽게 생각하실 거야. 그리고 네가 잘 되길 바라실 거고. 사실 우리가 어느 한쪽에 마음이 치우치면 다른 쪽에 있는 걸 보지 못해. 예를 들면, 지금까지 태환이가 아빠의 대한 미운 감정이 너무나도 컸기 때문에 아빠의 대한 사랑을 느끼지 못한 거야. 아마 모든 감정을 다 내려놓고 차분히 생각해보면 아빠가 너에게 얼마나 큰 관심과 사랑을 가졌는지 느낄 수 있을걸?"

들고 보니 그랬다. 사실 아빠는 자식한테 지극정성이었다. 물론 그걸 사랑한다는 말이나 행동으로 표현하진 않았지만 어떤 다른 방법으로 아빠는 항상 나에게 아낌없는 사랑을 베풀고 계셨다. 하지만 내 마음이 아빠를 미워하는 감정에 치우쳐 있다 보니까 그걸 볼 수 있는 눈이 없었던 것이다. 선생님은 그렇게 내 마음 깊숙이 박혀있던 응어리들을 하나씩 하나씩 끄집어내어 주셨고 선생님과 대화를 하면 할수록 마음이 점점 깃털처럼 가벼워졌다.

"태환아 마지막으로 한마디만 더 하자면, 복수는 결국 또 다른 복수를 낳아. 물론 이제는 그렇지 않겠지만 태환이가 아까 전과 같은 마음을 품고 복수를 꿈꾸고 복수를 했다고 쳐보자. 그럼 결국 그걸 당한 누군가는 예전에 너처럼 복수심으로 가득 찼을 거야. 그리고 또 다른 복수를 꿈꿨겠지. 어느 누군가는 멈춰야 끝이 나는 거야. 나는 그런 의미로 태환이가 대화를 통해 마음을 바꿔준 게 참 고맙고 감사하다."

대화는 그렇게 끝이 났고 나는 선생님께 오랜 시간 동안 이야기해주셔서 감사하다는 인사를 하고 문을 열고 나왔다. 그리고 머리 좀 식힐 겸 바람을 쐬러 밖으로 나가 천천히 걸었는데 이상하게 예전과는 다르게 내 마음에 있던 아빠와 새엄마를 향한 증오와 원망 같은 부정적인 감정들이 사라지고 가벼운 느낌이 들었다. 바람도 그런 나를 반겨주고 싶었는지 살랑살랑 불어주며 나를 감싸주었고 그날 선생님과의 대화는 나에게 또 한 번의 평생 잊지 못할 기억으로 남게 되었다.

사실 누군가로 인해 상처나 아픔을 겪어 밉고 원망이 될 때 그 감정을 지우기는 참 어렵고 힘들다. 아무리 노력하고 애를 써도 쉽게 지워지지 않고 오히려 그 감정들은 마음을 갉아먹으며 아픈 마음을 더욱더 아프게 만든다. 나는 오랜 시간 아빠를 향한 미움을 갖고 있었다. 그 미움은 점점 커져서 원망이 되었고 원망은 결국 증오로 번져 복수를 꿈꾸게 만들었다. 하지만 선생님은 내 마음에 깊이 박혀있는 응어리들을 하나씩 하나씩 치유해주셨고 다른 관점에서 바라보고 생각할 수 있게 도와주셨다. 아마도 선생님과의 대화가 없었다면 내 마음은 여전히 미움으로 가득 찬 채 복수를 꿈꾸고 있었을지도 모른다.

물론 내 글을 읽는 모두가 이 마음에 공감할 수 없을 거라는 걸 잘 안다. 하지만 그럼에도 내가 꾸미지 않고 솔직하게 쓴 이유는, 지금까지 누군가를 미워하는 걸 멈추려고 해도 쉽게 되지 않았거나 아직도 누군가를 미워하고 있는 사람이 있다면 이 글이 조금이라도 도움이 됐으면 하는 바람에서다. 누군가를 미워하는 게 얼마나 힘들고 아픈지 알기에 부디 이 글이 당신의 마음에도 전달이 되었으면, 그래서 이제는 미움을 멈추고 행복한 당신의 삶을 만끽하며 살았으면 하는 바람에서다.

꿈을 이루다

　중학교 때 축구선수라는 꿈을 포기한 이후로 고등학교 3학년 중반까지 꿈 없이 살다가 어느 날 학교에서 자신이 미래에 하고 싶은 직업을 찾아보고 그 분야에서 일하고 있는 사람들을 만나보는 과제를 하게 되었다. 그 프로젝트를 통해 현직 축구선수와 유소년 코치를 만나 이야기를 하게 되면서 비록 축구선수의 꿈은 못 이루었을지라도 어렸을 때 나처럼 축구를 좋아하고 사랑하는 친구들이 있다면 그들과 함께하면서 코치로서의 꿈을 키우고 싶다는 생각이 들었다. 그래서 감독이 될 수 있는 대학교를 알아보니 축구

선수 출신이 아니어도 축구를 전문적으로 배우는 축구학과가 따로 있었고 그쪽으로 대학을 지원해야겠다고 마음먹었다. 어느 날 교장 선생님과 진로문제로 이런저런 이야기를 나누다가 축구학과로 진학하고 싶다고 말씀드렸는데 대뜸 선생님께서 이렇게 말씀하셨다.

"태환아, 그러지 말고 너 체육교육과로 진학하는 게 어때?"

"체육교육과요? 선생님 거기 가고 싶다고 아무나 가는 거 아니에요. 그리고 더군다나 교육과는 선생님이 돼야 하는 직업인데 선생님도 아시겠지만 제가 무슨 교사예요. 저 교사 하면 큰일 나요."

"야, 임마, 내가 널 아니까 그러는 거야. 너 아님 누가 교사 하냐! 너처럼 사고란 사고는 다 쳐보고 변화된 사람이 교사 해야지 자라나는 학생들에게 좋은 영향력을 줄 수 있는 거야. 그리고 너는 사고 치는 학생들을 봐도 밉지 않고 충분히 이해하면서 잘 지도해줄 수 있을걸? 왜냐하면 너도 다 그런 시기를 겪었으니까. 그리고 축구학과를 가서 축구를 가르치는 것과 학교에서 체육을 가르치는 것도 별반 다르지 않잖아. 차라리 축구만 가르치는 것보다 학생들과 어울리면서 축구 말고도 다른 것도 가르치는 게 훨씬 좋고 또 내가 알기론 학교에서도 방과 후 교실이나 주말 동아리 같은 걸 이용해서 축구를 충분히 가르칠 수 있을 거라고 생각하는데 네 생각은 어때?"

학교에서 아이들을 가르치며 함께하는 상상, 아이들과 면담하면서 마음이 힘든 친구들에게 내가 겪었던 일들을 이야기하며 위로와 공감을 해주는 상상을 해봤다. 생각보다 괜찮을 것 같다는 생각이 들었다.

"선생님, 괜찮을 것 같아요. 선생님 말씀대로 축구만 가르치는 것이 아니라 학교에서 학생들에게 제가 지금까지 받았던 관심과 사랑도 전해주면 좋겠다는 생각이 들어요. 그럼 한번 체육교육과를 알아볼게요!"

선생님과 짧은 대화를 마치고 곧바로 국내에 있는 체육교육과를 뒤지기 시작했다. 하지만 안타깝게도 내가 갈 수 있는 곳은 그리 많지 않았다. 왜냐하면 나는 이미 3학년이 되고 난 후부터 수능을 보지 않고 수시로 대학을 충분히 갈 수 있었기 때문에 수능 준비를 하지 않았고 체육교육과 대부분은 수능을 통해 최저등급제로 뽑고 있었기 때문에 수시로 갈 수 있는 대학은 손에 꼽힐 정도였다. 그것 말고도 난관은 또 있었다. 체육교육과는 실기를 무조건 봐야 하는데 내가 체육교육과로 진학을 해야겠다고 마음을 먹었을 때가 수시접수가 얼마 남지 않은 기간이었기 때문에 아무리 길어봐야 실기까지 3개월 정도가 남은 상황이었고 보통 실기는 6개월에서 많으면 1년 정도를 준비하고 심지어 그렇게 준비해도 떨어지는 학생들이 다수 있을 정도였다.

"태환아, 왜 해보지도 않고 미리 포기를 해? 사람 일은 어떻게 될지 모르는 거야. 그리고 네가 믿음을 갖고 하면 뭘 못 하겠니? 충분히 할 수 있어! 그러니까 걱정하지 말고 믿음으로 준비해."

짧지만 강력한 선생님의 한마디는 불안했던 나의 마음을 훌훌 털어주었고 그날부로 나는 실기학원을 끊고 준비를 하게 되었다. 실기학원을 끊은 첫날 학원에 가서 테스트를 보았는데 선생님은 다른 친구들보다 많이 늦은 건 사실이지만, 운동신경이 있어서 충분히 가능할 거라고 하셨다.

그래서 그때부터 학교에 양해를 구하고 아침에 일어나서 저녁에 잠들 때까지 매일매일 운동만 했다.

하지만 생각보다 운동은 쉽지 않았고 근력을 요구하는 종목이 많았던 터라 운동을 하면 할수록 온몸에는 알이 잔뜩 배겨서 제대로 걷지도 못했다. 그리고 심지어 학원도 학교에서 먼 거리에 있어서 학원을 마치고 돌아오면 밤 11시가 넘을 때가 많았는데 학원에서 실기점수를 잘 못 받고 캄캄한 기숙사에 들어오는 날이면 항상 한숨이 절로 나오면서 모든 걸 내려놓고 다 포기하고 싶었다. 두달 넘게 무리를 하면서 운동을 하니 더 이상 몸과 정신이 버틸 수 없을 만큼 힘겨웠고 더 이상은 어려울 것 같다는 생각을 하고 있던 날, 담임선생님께서 내가 돌아올 때까지 퇴근도 하지 않고 기다리시다가 닭갈비를 만들어 주시며 말씀하셨다.

"태환아, 매일매일 밤늦게까지 운동하느라 많이 힘들지? 이럴 때일수록 건강 챙겨가면서 잘 먹어야 하는데 선생님이 네가 힘들게 운동하는 거 알면서도 제대로 챙겨주지 못해서 많이 미안해. 별거 아니지만 많이 먹고 힘내!"

순간 울컥했다. '내가 뭐라고 선생님이 우리 부모님도 아닌데 이렇게 나를 챙겨주실까, 나는 선생님께 잘해드린 것도 없는데 선생님은 이런 나를 지극정성으로 신경 써주실까'라는 생각에 감사한 마음이 들었다. 그래서 최대한 예의를 갖추며 선생님께 감사하다고 말씀드렸는데 내 말을 듣고 선생님께서 말씀하셨다.

"아유, 아니야. 이게 뭐라고. 그래도 태환아, 나는 네가 참 기특하다. 정말 힘들 텐데 그래도 꿋꿋하게 잘해주니까. 그리고 태환아 너는 분명히 할 수 있을 거야. 그러니까 믿음을 갖고 당당하게 앞으로 나아가! 분명히 붙을 거야! 선생님도 기도해줄게!"

그날 너무 지치고 힘들어서 모든 걸 다 내려놓고 포기하고 싶었지만 선생님의 위로와 응원 덕분에 다시 한번 힘을 낼 수 있었고 결국 실기를 끝까지 잘 준비해서 합격도 하고 체육교육과에 입학할 수 있었다.

사실 돌이켜보면 나는 내가 꿈을 갖게 된 순간부터 꿈을 이루기 위해 했던 것들은 온전히 내가 잘해서 된 건 하나도 없다. 나는 조금만 어려워도 항상 쉽게 포기하고 때려치

우는 성격이라서 입시 준비를 하면서도 힘들 때마다 그만두고 포기하려고 했었다. 하지만 선생님들은 그런 나를 위해 희망의 메시지로 격려와 위로를 해주셨고 덕분에 한계를 뛰어넘고 능력 밖의 일에 도전해 좋은 결과를 얻을 수 있었다.

살면서 뭔가를 이루는 과정에는 항상 한계가 찾아오는 것 같다. 그만두고 싶고, 포기하고 싶고, 잘 안 되는 것 같고…. 하지만 이런 부정적인 생각을 마음에서 받아주는 순간 마음은 더욱더 불안하고 초조해진다.

이런 부정적인 마음을 스스로 떨쳐내거나 이겨낼 수 있는 힘이 있다면 정말 좋겠지만, 나처럼 그런 힘이 없다고 느낀다면 주변에 도움을 구해봤으면 좋겠다. 만약 나도 나 혼자서 한계를 넘으려고 했다면 지쳐서 포기했을 것이고, 결국 원하는 것도 이루지 못했을 것이다. 하지만 다행히도 주변에서 나를 이끌어 주고 도와주는 감사한 사람들이 많았고 덕분에 한계를 극복할 수 있었다.

세상을 혼자 살아가는 건 쉽지 않다. 하지만 주변 사람들과 함께한다면 생각보다 어렵진 않다. 누군가는 말한다. 인생은 결국 혼자라고. 하지만 나는 그렇게 생각하지 않는다. 인생은 더불어 함께 살아가는 것이다. 아빠와 엄마가 만나 내가 세상에 태어날 수 있었던 것처럼 인생은 혼자서 사는 게 아니라 함께 살아가는 것이며 결국 함께할 때 아름다워 진다.

사람은 변하지 않는다는 말

　나는 "사람은 고쳐 쓰는 게 아니야, 사람은 절대 안 바뀌어"라는 말에 별로 동의하지 않는다. 왜냐하면 세상에 변하지 않는 사람은 없다고 생각하기 때문이다. 사람은 누구나 변한다. 변할 수 있다. 보통은 살면서 아주 큰 충격을 받았거나 옆에서 계속 이끌어 주고 도와주는 조력자가 있을 때 가능하다. 그런데 요즘처럼 개인주의가 팽배한 시대에는 옆에서 그렇게 도와줄 사람이 많지 않을뿐더러 혼자서 하루를 살아가기도 바쁜데 누군가를 돕고 산다는 게 참 힘들고 어렵다. 하지만 그럼에도 불구하고 나는 절대 변하지 않을 것 같은 사람도 충분히 변화될 수 있다고 믿는다.

　나는 내가 가진 부정적인 감정과 마음들을 평생 품은 채 미움과 원망으로 살아갈 거라고 생각했다. 그러다 버터지 못하면 죽어버릴 거라고 생각했다. 하지만 고등학교에서 3년을 지내는 동안 많은 분들의 관심과 사랑 덕분에 여태 껏 살아왔던 부정적인 감정들을 내려놓고 새로운 마음을 받아들일 수 있었고 덕분에 긍정적이고 밝게 살 수 있게 되었다. 고등학교를 졸업할 때, 학교에서 상장을 받게 되었 는데 그 상의 이름은 '변화상'이었다. 나는 그 상장을 건네 받는 순간 울컥한 마음이 올라왔는데, 그랬던 이유는 나를 변화시키기 위해 매일매일 수고하고 고생했던 선생님들의 눈물과 땀이 그대로 이 상장에 담겨있다는 생각이 들었기 때문이다. 나를 위해 선생님들은 항상 같은 자리에서 나를 묵묵히 이끌어 주셨고 많은 수고와 노력을 통해 나에게 참 많은 귀감이 되어주셨다. 그래서 절대 변하지 않을 것 같던 나도 변화될 수 있었고 새로운 삶을 얻을 수 있게 되었다. 그래서 그 상이 나에게는 그 무엇보다 값지고 감사한 상장 이었고 그걸 받는 순간 참 행복했다.

사람은 본능적으로 마음에 드는 사람과는 가까이하고 마음에 들지 않는 사람과는 멀리하는 경향이 있다. 어떻게 보면 그게 당연하다고 생각하며 산다. 그러나 나와 맞지 않는 사람이라도 조금만 관심을 두고 가까이 다가간다면 의외로 금방 친해질 수 있다. 한두 번 대해 보고 '저 사람은 나와 맞지 않아. 변하지 않을 거야'라고 단정짓는 그 생각이 그 사람과 친해질 수 없게 방해하는 것이다. 사실 실제로 마음을 열고 다가가 보면 지레짐작했던 것보다 훨씬 괜찮고 매력적인 사람이 주변에 참 많다.

나도 내 마음에 다 맞고 좋은 사람들만 사귄 건 아니다. 정말 불편해서 피했던 사람도 많았고 꼴 보기 싫은 사람들도 참 많았지만, 선생님들이 내게 보였던 관심과 사랑을 나도 그들에게 같은 마음으로 주고 나니 불편했던 관계가 원만해지는 걸 느낄 수 있었고, 또 절대 친해질 수 없을 것 같던 사람과 가깝게 지내며 편한 관계가 될 수 있었다. 만약 내가 '저 사람은 절대 안 변해'라고 생각하고 그냥 무시하거나 멀리했다면 나는 인간관계의 참맛을 모른 채 살아가고 있을 것이다. 불편한 사람과도 친해질 수 있다면 우리의 삶은 지금보다 훨씬 유익해지고 행복해질 수 있다.

살다 보면 나 역시 누군가에게 불편한 사람일 수 있고, 모든 사람과 잘 지낼 수 없을 때도 있다. 하지만 살아가면서 우리는 무수히 많은 사람과의 관계 속에 있게 될 것이고 불편한 사람들을 무조건 피하려고만 한다면 진정한 의미의 인간관계를 경험하지 못할 수 있다. 나는 고등학교 생활 내내 사람과의 관계에 대해 많은 것을 배울 수 있어서 참 다행이었다.

진정한 행복의 조건

우리가 생각하는 행복의 조건은 무엇일까. 돈이 많아서 좋은 차를 타고 좋은 집에 산다면 그게 행복한 것일까? 아니면 남들이 누리지 못한 권위나 권력을 누리면서 눈치 보지 않고 산다면 그게 곧 행복일까? 나는 예전까지만 해도 그런 게 나를 행복하게 해주고 기쁘게 해줄 거라고 생각했다. 하지만 이 일을 겪게 되면서 진정한 행복은 그런 외적인 부분이 아니라는 걸 알게 되었다.

고등학교를 졸업하고 2년 동안은 별일 없이 잘 지냈다. 대학 생활을 열심히 하면서 하루하루를 바쁘게 지냈고 또

1년 동안 자메이카로 해외 봉사를 가서 언어, 문화, 피부 등 모든 것이 다르지만 그들과 함께할 때 얼마나 행복한지 몸소 체험할 수도 있었다. 그러고는 다시 대학교에 복학을 했는데 군인 출신인 아버지가 1학년 때 ROTC의 지원을 하라고 했다가 떨어진 게 생각나서 비록 신체검사에서 4 급이 나와 군대에 안 갈 수 있었지만, 아버지에게 효도하고 싶기도 하고 사건 사고가 많은 군대에서 힘들고 어려운 용 사들에게 도움이 될 수 있다면 장교로서 군복무하는 것도 괜찮겠다는 마음에 다시 한번 지원을 했고 합격해서 학군 단에 입단하게 되었다.

그리고 그해 겨울 처음으로 기초군사훈련을 가게 되었 는데 훈련을 받는 동안 군복을 입고 있어서 그런지 항상 춥고 배가 고팠다. 더군다나 훈련이 처음이다 보니 모든 게 낯설고 힘들었다. 하루는 밖에서 하루 종일 훈련을 받다 보 니 몸이 덜덜 떨릴 정도로 추웠고 이상하게 양쪽 손가락도 동상에 걸린 것처럼 마음대로 움직이지 않았다. 거수경례 를 해야 하는데 손가락이 안 펴져서 경례도 제대로 못 하 고 옷에 지퍼도 제대로 못 잠글 정도로 손가락의 마비가

심했다. 처음에는 '너무 추워서 그런가?' 하고 넘겼는데 훈련을 마치고 생활관에 돌아와서도 여전히 손가락이 구부러져서 펴지질 않았다.

그때부터 손가락에 뭔가 이상이 있다고 느꼈고 추운 곳에 있으면 유독 더 심해지는 터라 밖에서 훈련만 받으면 손가락을 움직일 수가 없었다. 증세는 점점 더 심각해졌지만 2주라는 짧은 훈련이었기 때문에 최대한 민폐를 끼치지 말고 나가자는 생각으로 버텼고 무사히 훈련을 마치고 퇴소할 수 있었다.

훈련을 마치고 일상으로 돌아와서 가장 먼저 부모님께 이 사실을 알렸더니 부모님은 병원에 가서 검사를 해보라고 하셨고, 곧바로 학교 근처에 있는 병원에서 검사를 했는데 아무런 이상이 없다는 판정을 받았다. 하지만 시간이 지나도 여전히 손가락이 제대로 움직이지 않는 게 느껴져서 서울에 있는 큰 대학병원에 가서 검사를 하고 싶었다. 아니나 다를까 검사결과 양쪽 팔꿈치터널증후군 판정이 나왔고 당장 수술을 해야 된다고 했다. 손을 무리하게 사용한 것도 아니고 손가락을 다친 것도 아닌데 갑자기 마비가 되었다는 게 믿을 수 없었다. 수술 말고는 딱히 방법이 없었기 때문에 의사와 상의 후 상태가 안 좋은 왼쪽 팔부터 수술을 하기로 하고 빠르게 날짜를 잡았다. 그렇게 급히 수술을 했지만 의사는 내 마음을 더욱 무겁게 하는 말을 전해주었다.

"수술은 잘 끝났지만, 경과를 지켜봐야 할 것 같아요. 생각보다 손가락에 근육과 신경이 퇴화된 지 너무 오랜 시간이 지나서 아마 예전처럼 마비가 풀리지 않을 수도 있어요. 그러면 앞으로 정상적으로 손을 사용하기 힘들고 군에 가서 장교 생활도 힘들 거예요."

'왜 항상 나에게만 이런 말도 안 되는 일들이 일어날까? 뭔가 잘 풀릴 것 같으면 왜 항상 감당하기 힘든 어려움이 찾아올까? 다른 사람들은 잘 먹고 잘 지내는 것 같은데 왜 나는 도대체 잘 지내지도 못하고 항상 어려운 일들이 생기는 걸까?'라는 생각에 모든 게 다 싫어지고 미워지기 시작했다. 또다시 마음이 어둠 속으로 깊이 빨려 들어갔고 인생에 저주를 받았다는 생각에 희망을 등지고 절망을 받아들이며 지냈다.

마음이 너무 힘들고 어려워서 평소 어려울 때마다 찾아가는 은사님을 뵙고 도움을 구해야겠다는 마음이 들었고, 은사님께 가서 지금까지 있었던 일들을 다 말씀드렸다. 그랬더니 은사님은 아무 말 없이 책 한 권을 쥐여주시며 딱 3번만 정독해 읽어보라고 하셨다. 책을 펼쳐서 한 장 한 장 읽는데 처음에는 뻔한 이야기라는 생각에 지루하게만 느껴졌다. 그래도 선생님과의 약속을 지켜야겠다는 마음으로 딱 3번만 읽자는 생각으로 계속 읽어 내려갔다. 그렇게 한 번을 눈으로 다 읽었는데 마음에 별로 남는 게 없어서 두 번째부터는 마음에 남는 구절을 공책에 적어가면서 읽었고 마침내 세 번째까지 책을 다 읽었는데 말하는 의도를 알 것 같으면서도 조금 헷갈린다는 생각에 책을 한 번 더 읽었다. 네 번째 읽던 중 어느 순간 이 책에 실린 이야기는 다른 사람들의 이야기가 아니라 모두 나와 관련된 내 마음의 이야기라는 걸 깨닫게 되면서 책에 있는 내용들 전부가 전혀 다르게 다가왔다. 모든 내용이 다 주옥 같았지만 그중에서도 가장 마음에 와닿았던 이야기는 암에 걸려서 시한부 선고를 받은 한 부인의 이야기였다.

"부인, 우리 몸에는 항상 수많은 암세포가 생겨요. 그런데 우리가 지금까지 건강하게 살 수 있었던 비결은 면역세포인 NK세포가 암세포를 다 잡아먹었기 때문에 지금까지 건강하게 살 수 있었던 거예요. 부인이 지금 암에 걸린 건 면역이 약해져서 NK세포가 기능을 제대로 발휘하지 못해서 암에 걸렸지만, 만약 부인의 면역이 돌아오고 다시 NK세포가 정상적인 기능을 한다면 부인은 암에서 나을 수 있어요. 하지만 진짜 문제는 부인이 암에 걸려서 죽을 것이라고 두려워하는 거예요. 그런데 마음이 먼저 그 두려움에서 벗어난다면 그때부터 암은 아무 문제가 아니에요. 왜냐하면 부인의 몸이 암에 걸린 것이지, 부인의 마음까지 암에 걸린 게 아니기 때문이에요. 그래서 먼저 부인의 마음이 두려움에서 벗어나 나을 수 있다고 소망을 가진다면 몸도 나을 수 있어요! 그러니까 부인, 소망을 가지세요."

저자의 말을 듣고 마침내 그 부인은 두려움에서 벗어나 몸에 암도 낫고 행복하게 살고 있다는 내용이었다. 나는 이 이야기를 보면서 "마음이 그 생각에서 벗어나면 그때부터 아무 문제도 아니라고?"라는 생각이 들면서 신선한 충격을 받았다. 지금까지 나는 몸이 병에 걸리면 마음까지 병에 걸린다고 생각했는데 그 책은 몸이 병에 걸렸다고 해서 마음까지 병에 걸린 건 아니라고 했다. 마음이 먼저 희망을 가지면 몸의 병도 나을 수 있다는 신비한 이야기였다.

'그래, 암에 걸린 사람도 낫는데 내 병이라고 못 나을까? 의사는 회복이 되지 않을 수도 있다고 했지만 내가 나을 수 있다고 믿는다면 암에 걸린 사람이 나았듯이 나도 나을 수 있겠네. 그럼 장교도 하고 다 할 수 있겠네!'

내 마음이 소망으로 바뀌게 되었다. 나을 수 없다는 생각에서 벗어나자 신기하게도 수술했던 몸도 빠르게 좋아졌고 학군단 생활도 계속 이어갈 수 있었다. 그리고 내가 경험했던 신기했던 일들을 말할 수 있는 교내 스토리텔링대회에 출전해 1등을 하고 총장상을 받을 수 있었다.

내가 이 일을 경험하면서 하나 깨닫게 된 것은 행복은 돈이나 명예 등 어떤 외적인 조건으로부터 오는 게 아니라 우리 마음에서부터 시작된다는 것이었다. 생각해보면 돈이 아무리 많아도 마음이 행복하지 않으면 그건 불행한 것이다. 남들이 부러워할 만큼 호화로운 집에 살고 멋있는 차를 탄다고 해도 마음이 불편하다면 그건 행복하지 않은 것이다. 우리가 어렸을 때부터 사람들이 정해놓은 기준에 맞춰서 살아가다 보니 행복의 조건이 어떤 외적인 것에서 온다고 생각하지만 사실 그건 다 가짜다. 진정한 행복은 마음에서부터 행복을 느끼는 것이다.

중요한 건 마음

흔히들 '인생은 마음먹기에 달렸다'라고 표현하는데 어렸을 때는 그런 소리를 들으면 그냥 '좋게 마음을 먹어야겠구나, 긍정적으로 생각해야겠구나'라고 가볍게만 생각했다. 마음을 먹는다는 게 내 인생을 좌지우지할 수 있다는 생각을 하진 못했다. 하지만 지금은 예전처럼 그냥 흘려듣지 않는다. 여러 가지 다양한 일들을 겪으면서 크게 깨달은 것은 행복하게 살아가는 법은 마음을 어떻게 사용하냐에 달렸다는 것이다.

똑같은 문제를 만나도 누구는 그 문제를 긍정적으로 바

라보는 사람이 있고, 또 다른 누군가는 부정적으로 바라보는 사람이 있다. 하지만 두 부류의 유형 모두 처음에는 별반 차이가 없는 것 같지만 나중에 결과를 보면 엄청난 큰 차이가 있다는 걸 알 수 있다. 똑같은 문제를 두고 긍정적으로 풀어나간 사람은 과정 또한 안 좋은 쪽보다는 좋은 쪽으로 잘 풀어나가게 되고 당연히 결과도 좋게 나온다. 하지만 부정적인 사람은 되려던 것도 잘 안 되고 꼬이며 당연히 결과도 안 좋게 나오게 된다. 자기계발서나 유튜브에서 성공한 사람들의 스토리만 봐도 그들은 어려운 형편 속에서도 자기가 무조건 성공할 거라는 걸 믿고 매일매일 마음속으로 되뇐다. 하루 만에 사업이 쫄딱 망해서 빚을 10억이나 졌어도 점차 자신이 벼락부자가 될 거라고 믿고, 아무것도 가진 게 없어도 결국엔 모든 걸 누릴 거라고 믿는다. 그뿐만 아니라 암에서 나은 사람이나 희귀병, 불치병에서 나은 사람들도 자신이 병이 들어서 아프고 죽을 위기에 놓였어도 마음으론 분명히 나을 수 있다고 믿고 정상인처럼 생활했는데 실제로 병이 씻은 듯 낫고 행복하게 살고 있다는 이야기들이 너무 많다.

이 사람들의 공통점은 단 하나다. 현재 자신에게 놓인 상황이나 형편을 보지 않고 자신이 간절하게 바라고 원하는 것들을 매일매일 상상하고 믿은 것이다. 그런데 신기하게 실제 삶도 그렇게 되고 만다. 나는 이러한 경험을 특정한 사람들만 한다고 생각지 않는다. 우리 모두에게도 일어날 수 있고 다 해당되는 이야기라고 생각한다. 나도 기적적으로 손가락이 낫고부터는 내 눈에 보이는 형편이 아닌 내가 바라고 원하는 모습이 진짜 내 모습이라고 믿으면서 생활한다.

진짜는 지금 내게 놓인 형편과 내가 보고 느끼는 것이 아니라 마음에서 간절히 원하고 바라고 믿는 바로 그것이다.

마음을 바꾸는 일

　다사다난한 시간을 흘려보내고 이듬해 봄, 나는 장교로 임관했다. 장교로 임관해서 3개월 동안 교육기관에서 동기들과 매일매일 타이어를 끌고 운동장 바닥을 기어다니면서 몸은 힘들지만 마음은 즐거운 시간을 보낸 뒤 무사히 수료하고 자대로 오게 되었다. 재미있게도 소대원 중에 나와 이름이 똑같은 태환이라는 친구가 한 명 있었고, 직접 만나서 생활해보니 태환이는 매우 씩씩하고 장난기도 가득했다. 그러다 태환이가 상병을 달았을 때쯤 하루는 지휘관께서 부르시더니 태환이가 요즘 크고 작은 문제가 자주 생기고 군생활에도 어려움을 겪고 있는 것 같으니 면담을 해보라고 하셨다. 항상 잘 지내는 줄만 알았던 친구가 어려움을 겪고 있나 싶어서 걱정되는 마음으로 면담을 진행하게 되었다. 사실 평소에 소대원들과 자연스럽게 대화를 많이 했던 터라 어렵지 않게 말을 걸어서 요즘 무슨 일 있냐고 물으니 태환이는 별로 말하고 싶지 않았는지 아무 일도 없다고 대답했다. 어떻게 하면 이 친구의 이야기를 들어볼 수 있을까 싶어서 잠깐 동안 생각하다가 내 이야기로 입을 열었다.

"군생활 많이 힘들지? 충분히 그럴 것 같아. 제일 하고 싶은 거 많고, 재밌게 놀아야 하는 시기에 군대 와서 힘들게 일하고 말이야. 또 코로나라서 휴가도 제대로 못 나가서 많이 답답할 거야. 나도 이렇게 답답하고 힘든데 너네는 오죽하겠냐. 근데 태환아, 어려운 고민이나 힘든 게 있는데 그걸 혼자 속으로 품고 있으면 정말 힘들어. 나는 예전에 다른 사람한테 절대 내 얘기를 안 하고 혼자 속으로 삭였었어. 그런데 그러다 보니까 마음이 고립되고 정말 힘들더라고. 한번은 용기 내서 내 마음을 터놓고 솔직하게 얘기해

보니까 생각보다 마음이 가벼워지더라. 물론 내가 네 문제를 해결해 줄 수 있는 건 아니지만 힘든 게 있다면 혼자 가지고 있지 말고 한번 편안하게 이야기해봐. 혼자 가지고 있으면 마음만 힘드니까."

태환이는 마음이 풀렸는지 조심스레 입을 열고 이야기했다. 자신은 지금까지는 힘들지만 열심히 군생활하면서 시간 가는 줄 모르고 재밌게 지냈는데 최근 들어 시간도 잘 안 가는 것 같고 군대가 지겹게 느껴지고 자꾸 크고 작은 문제들로 사람들과 부딪히다 보니 스트레스도 많이 받고 코로나 때문에 너무 답답하기도 해서 그냥 빨리 전역하고 싶다는 생각밖에 안 들면서 하루하루가 무기력하게 느껴진다고 했다.

태환이의 이야기를 들으면서 충분히 그럴 수 있다고 생각했다. 입장을 바꿔서 생각해 보니 나라도 태환이랑 똑같이 생각했을 것 같다고 생각했고 그러자 내가 더 많이 신경 쓰고 챙겨주지 못해서 미안하다는 생각이 들었다. 그리고 이 친구에게 내가 과연 무슨 이야기를 해줄 수 있을까 고민이 되었는데 어떤 좋은 얘기를 해주기보다 태환이가 마음을 바꿀 수 있게 도와줘야겠다는 생각이 들었다.

"나는 솔직히 너희를 볼 때마다 생각하는 건데 너희가 정말로 대단하다고 생각해. 왜냐하면 네가 원해서가 아니라 국가의 부름을 받고 1년 6개월이라는 긴 시간 동안 가장 젊은 나이에 군대에 와서 자신을 희생하면서 나라를 지킨다는 게 쉽지 않잖아. 그래도 이렇게 와서 열심히 군생활을 한다는 게 참 대단하고 멋져. 그래서 태환이가 이렇게 힘들어하는 게 어쩌면 당연하다고 생각해. 그리고 솔직히 말하면 군대 일이 쉽지 않잖아. 몸 쓰는 일도 많고, 단체 생활도 빡세고. 그러다 보니까 태환이처럼 힘들어하는 게 어쩌면 지극히 정상이고 당연한 거야. 다른 사람은 어떻게 생각할지 몰라도 나는 그래. 그래서 태환이가 이런 생각을 한다고 해서 나는 네가 나쁘다고 생각하거나 이상하다고 절대 생각 안 해. 내 친구 중에 한 명이 지금 태환이처럼 용사로 군복무할 때 의가사로 전역을 했거든, 그런데 전역을 한 이유가 물론 군대에서 여러모로 스트레스를 많이 받아서 어려움을 겪기도 했지만 군대에서 더 이상 있기 싫고 못 버틸 것 같아서 전역을 한 거야. 그런데 참 이상한 건 예

225

전에 그 친구랑 통화를 한 적 있는데 친구가 그런 말을 하더라고. 지금 와서 생각해보면 그때 조금만 시간을 갖고 더 깊게 생각하고 행동할 걸 후회한다고. 자기도 다른 사람들처럼 충분히 만기 전역할 수 있었는데 그러지 못한 게 좀 아쉽다고. 그런데 나는 그 말을 듣고 조금 의아했어. 왜냐하면 나는 당연히 친구가 원하던 거니까 일찍 전역해서 좋아할 줄 알았거든. 그런데 후회한다는 거야. 그래서 이게 뭔 말인가 싶어서 들어보니까 의가사로 전역하면 본의 아니게 약간 눈치를 보게 되나 봐. 대한민국 남자라면 누구나 하는 걸 괜히 못 했다는 생각에 자신감도 떨어지고 아쉽게 느껴지나 봐. 물론 그게 무서워서 힘든데 억지로 버티라는 말이 아니라 내가 말하고 싶은 건 내 친구가 자신이 이렇게 하면 좋을 것 같아서 행동했는데 결과는 후회했다는 거지. 나는 태환이가 지금까지 군생활을 잘해왔다고 생각하거든. 한번 생각해봐. 지금까지 태환이는 군생활 잘해왔고 또 이제는 집에 갈 날이 군생활한 것보다 적게 남았는데 그렇다면 지금까지 잘 지내온 만큼 남은 군생활도 충분히 잘 풀어갈 수 있지 않을까? 태환이가 지금 의가사로 전역해서 후회하지 않는다면 다행이지만, 만약 내 친구처럼 후회할 수도 있다는 생각이 들면 한 번쯤 다시 생각해보면 어떨까? 나는 네가 후회 없는 선택을 했으면 좋겠어. 만약 지내다가 오늘처럼 어려움이나 고민이 생기면 언제든지 찾아와서 내게 이야기해도 좋고! 좋은 얘기 말고 힘들고 어려운 이야기도 좋으니까 와서 이야기하면 내가 도와줄 수 있는 건 최대한 도와줄게! 소대장 좋다는 게 뭐냐. 이럴 때 이야기해야지. 그러니까 너무 걱정하지 말고. 알았지?"

그렇게 태환이와 1시간 정도 대화를 하면서 나는 내가 살아오면서 힘들었지만 마음을 변화하게 된 순간을 이야기해주면서 태환이가 마음을 바꿀 수 있게 도와주었다. 태환이도 내 얘기를 듣고 공감하며 자신의 이야기를 자연스럽게 했고 그렇게 대화는 좋은 분위기로 끝나게 되었다. 대화를 마치고 태환이는 다시 한번 곰곰이 생각해본다고 했고 나는 잘 될 거니까 너무 걱정하지 말라고 이야기해주었다. 태환이는 그날 나랑 대화 후 다시 마음을 잡고 군생활을 열심히 해주었고 다행히 만기 전역을 할 수 있었다. 나는 그런 태환이를 보면서 참 행복했다. 내 얘기를 듣고도 태환이가 마음을 바꾸지 않으면 그만인데 태환이는 내 얘기를 듣고 마음을 바꿔주었고 또 후회 없이 만기 전역을 해 주어서 참 고마웠다.

우리가 살아가면서 마음을 바꾸는 것만큼 행복한 게 또 있을까? 삶이 괴롭다고 생각하는 사람에게 무작정 "잘될 거예요!"라고 말하는 응원과 위로도 좋지만 마음이 변화될 수 있게 옆에서 도와주고 알려주는 것만큼 좋은 게 있을까? 지치고 힘든 사람에게 마음의 힘을 불어 넣어주는 것만큼 좋은 게 뭐가 있을까? 그리고 그런 사람이 곁에 있어서 내가 바른길로 걸어갈 수 있도록 도와주는 게 얼마나 고마운 것일까? 내가 가는 길이 확실하다고 생각하고 내 생각만 고집한다면 삶은 변화되기 쉽지 않은데 막상 그 생각을 내려놓고 나보다 더 잘 알고 도움을 줄 수 있는 사람들의 이야기를 받아들인다면 우리는 지금보다 더 좋은 길로 걸어갈 수 있는 것 같다.

내가 주변 사람들이나 선생님께 도움을 받았던 것처럼 태환이에게 힘들고 어려운 마음이 들 때 털어놓을 수 있는 사람이 되었다는 것만으로도 뿌듯한 마음이 들었다. 생각보다 사람들은 직접적으로 문제가 해결되길 바라는 것보다 주변 사람으로 인해 혼자가 아니라는 위안을 얻을 때 그 문제를 풀어나갈 힘을 얻는 것 같다.

　나도 그렇게 도움을 받으며 살아왔기 때문에 이제는 나도 누군가에게 그런 사람이 되고 싶다. 무조건적으로 강요하는 사람이 아닌 감동과 아름다움으로 사람의 마음을 움직이는 사람 말이다. 그런 멋진 사람이 되고 싶다.

인생은 마라톤

하루는 업무를 마치고 체력단련을 가기 위해 옷을 갈아입고 있었는데 지휘관께서 부르시더니 날씨도 좋은데 오늘 자신과 함께 5km를 뛰는 게 어떻겠냐고 물으셨다. 별로 내키진 않았지만 지휘관께서 하시는 말씀이니 알겠다고 대답하고 뜀걸음을 하기 전 간단히 스트레칭을 하며 업무로 뻐근해진 몸을 풀어주었다. 그러던 중 지휘관께서 오셔서 5km를 뛸 수 있겠냐고 물으셨고 도중에 뛰다가 힘들면 멈추겠다고 말씀드렸더니 지휘관은 너무 무리해서 뛰지 않을 거니까 걱정하지 말라고 하셨다. 그렇게 신나는 노래를 틀고 박자에 맞춰서 부대 앞 저수지를 열심히 뛰었는데 생각보다 속도가 빠르지 않아서 3km까지는 무리 없이 뛸 수 있었고 남은 거리도 충분히 완주할 수 있다고 생각했다.

하지만 3.5km가 넘어가자 갑자기 호흡이 가빠지면서 배에 통증이 찾아왔다. 최대한 참으면서 버텨보려고 했지만 도저히 참을 수 없어 지휘관에게 더 이상은 무리일 것 같다고 말씀드렸다. 하지만 지휘관은 "아니야, 포기하지 마. 충분히 할 수 있어!"라고 말씀하셨고 나는 그럼 조금만 더 해보겠다며 다시 달리기 시작했다. 막상 뛰겠다고 마음을 먹으니까 통증을 느끼던 배도 어느 정도 괜찮아졌다. 그렇게 남은 거리를 뛸 수 있을 것만 같았는데 4.2km쯤 달렸을까, 또다시 호흡이 가빠지면서 배에 통증이 느껴졌다.

이번에는 아까보다 더 큰 고통을 느꼈기에 너무 무리하는 건가 싶어서 다시 한번 걷겠다고 말씀드리고 뜀걸음을 멈추려고 했는데, 지휘관은 다시 한번 "아니야, 다 왔어! 다 왔는데 포기하지 말고 마지막까지 조금만 더 뛰어보자!"라며 독려를 해주셨다. 그렇게 나는 지휘관의 독려에 힘입어 5km를 완주할 수 있었고 도착하자마자 다리에 힘이 풀려 주저앉고 말았다. 지휘관은 그런 나를 보며 미소를 지으시더니 "봐, 다 할 수 있잖아. 잘했어"라며 격려를 해 주셨고 나는 지휘관 덕분에 끝까지 완주할 수 있었다며 감사를 표했다.

부대로 돌아오는데 분명히 안 될 것 같던 뜀걸음을 지휘관 덕분에 포기하지 않고 완주할 수 있었다는 만족감에 매우 행복했다. 그리고 집으로 돌아와 글을 적고 있는데 문득 이런 생각이 들었다.

'우리의 인생이 오늘 뛰었던 뜀걸음과 같지 않을까? 우리가 살아가다 보면 한계를 만나 포기하고 싶은 순간이 찾아오고, 또 그 한계를 뛰어넘으면 더 큰 어려움이 찾아올 때도 있지만, 우리가 포기하지 않고 앞으로 나아가다 보면 어려운 한계도 충분히 극복할 수 있고 또 그 과정 속에서 오는 행복이 있지 않을까? 어려움을 만났을 때 포기하지 않는다면 우리 모두는 충분히 결승선을 완주할 수 있지 않을까?'

누구는 안 될 것 같으면 빨리 포기하는 게 현명하다고

말한다. 하지만 나는 우리가 할 수 있다고 믿으면 세상에 안 될 건 아무것도 없다고 생각한다. 우리는 아무리 큰 어려움을 만나도 충분히 극복하고 이겨낼 수 있다. 호흡이 가빠지고 통증이 느껴지면서 더 이상 뛸 수 없다고 느껴질 때, 한계라고 생각하며 포기하고 싶어질 때, 다시 한번 뛸 수 있다고 믿어보자. 그럼 분명히 결승선까지 완주할 수 있을 테니까.

결국, 할 수 있다

짧고 긴 2년이라는 군생활은 빠르게 흘러갔고 어느덧 이제 전역까지 3개월이 채 남지 않았다. 그동안 내게는 참 많은 일이 있었다. 2년 전 누군가에게 위로가 되고 싶다는 마음에서부터 시작된 글쓰기였는데 처음과 달리 지금은 감사하게도 많은 분이 좋아해 주셔서 어느덧 글을 올리던 인스타그램 팔로워는 8천 명이 넘었고, 그사이에 2개의 출판사와 계약을 맺고 올해 책 출간도 두 권이나 앞두고 있다.

그런데 생각해보면 참 웃긴 일들이다. 사실 나는 어렸을 적 운동만 해서 거의 공부를 하지 않았고 당연히 맞춤법이

나 띄어쓰기도 잘 모르는데 단지 '위로가 되고 싶다'는 마음 하나로 시작했던 글쓰기가 이렇게 나의 삶을 바꿔주고 매일을 즐겁고 행복하게 만들어줄 줄 전혀 몰랐다. 글을 쓰면서 참 많은 것을 배울 수 있었는데 첫 번째는 결국 '진심은 통한다'는 것이다. 사실 내가 처음 글을 썼을 때 아무도 내 글을 봐주지 않았다. 그리고 몇몇 친한 친구는 "네가 무슨 글쓰기냐?"며 장난으로 비아냥거리기도 했다. 하지만 진심은 통한다는 마음 하나로 멈추지 않았고 결국 시간이 지날수록 한 명, 두 명 내 글에 관심을 가져주기 시작하고 좋아해 주는 사람들도 생겨나기 시작했다. 그리고 지금은 나와 자주 소통하며 서로에게 힘이 되어주는 존재들도 참 많다.

두 번째는 무엇이든지 꾸준히 하면 된다는 것이다. 사실 글을 쓰면서 포기하고 싶던 순간이 참 많았다. 글을 쓰고 내 글을 읽으면서 부족한 내가 보일 때면 포기하고 싶었고, 또 열심히 하는 만큼 성과가 나지 않으면 지치고 힘들어 '그만할까?'라는 생각도 수십 번 했었다. 하지만 왠지 이 싸움에서 지고 싶지 않았다. 분명 글을 통해서 나처럼 어렵고 힘든 누군가에게 위로를 전해줄 수 있는데 조금 힘들고 지친다고 포기하고 싶지 않았다. 그 결과 책도 출간할 수 있게 되었고 많은 관심도 받게 되었다.

이것 말고도 느낀 게 참 많지만 결국 '무엇이든지 할 수 있다'는 걸 체험적으로 알게 되었다. 우리는 살면서 크고 작은 문제들로 갈등과 고민을 하고 그에 따라 많은 갈림길과 기로에 선다. 그럼 고민만 하다 시간을 허비하거나 아니면 조금 나아가다 '이 길이 아니구나'라며 포기를 하던가 또 두려워서 발을 떼지 못한 채 그냥 멈춰 있을 때도 있다. 나 역시 그럴 때가 많았고 지금도 여러 문제가 내 앞에 닥칠 때면 매번 갈등과 고민이 된다. 하지만 한 가지 분명한 것은 이런 고민들이 찾아올 때 망설이기보다 앞으로 나아간다면 분명 모든 문제를 극복할 수 있고 절대 안 풀릴 것 같던 문제들도 다 풀어낼 수 있다는 것이다. 짧지만 인생을 되돌아보면 정말 안 될 것 같던 많은 문제들도 결국 다 이겨냈고 어려웠던 시절도 다 극복했다. 물론 스스로 극복한 게 아니라서 떳떳하게 자랑할 수 없지만 어찌됐든 많은 도움을 통해 절대 이겨낼 수 없을 것 같던 일들도 이겨냈고 할 수 없을 것 같던 일들도 해냈다. 나는 앞으로 어려움이 일어나지 않을 거라고 생각하지 않는다. 하지만 어려움이 찾아올 때 더 이상 물러서지 않을 것이다. 간절하게 원하는 걸 꿈꾸며 도전할 것이다.

만나는 사람마다 이야기를 하면 다들 나보고 "당신은 참 꿈이 많네요"라고 한다. 하지만 참 재밌는 건 꿈을 이루는 순간 그건 더 이상 꿈이 아니라 현실이다. 다시 말해 꿈을 꾸지만 그걸 실현하는 순간 그건 곧 현실이 된다는 것이다. 그래서 나는 전역을 하고도 계속 꿈꾸며 살 것이다. 지금 내가 하고 있는 일들보다 더 재밌고 흥미로운 것들을 꿈꾸며 위로가 필요한 사람들을 찾아다니며 강연도 하고 싶고, 또 나만의 사업을 만들어 많은 사람에게 도움을 주는 사람도 되고 싶다. 그리고 계속해서 꾸준히 책도 내고 싶고 여러 가지 콘텐츠를 만들어 사람들에게 유익이 되는 유튜브도 하고 싶다.

누군가 이 모든 걸 왜 하고 싶냐고 묻는다면 사람들에게 영감과 감동을 주고 싶어서라고 말하고 싶다. 어려움을 극복하고 결국 승리하는 멋진 만화 속 주인공처럼, 나도 삶에 어려움이 찾아올지라도 모든 걸 극복하고 멋진 인생을 그리고 싶다. 앞으로 어떤 일들이 내게 찾아올지 몰라도 이제 그런 삶이 걱정되기보단 기대가 된다.

보잘것없다 여길지라도
여전히 넌 빛나고 있어

초판 1쇄 발행   2022년 5월 15일

지은이   김태환
펴낸이   정혜윤
디자인   김미영
펴낸곳   SISO

주소   경기도 고양시 일산서구 일산로635번길 32-19
출판등록   2015년 01월 08일 제 2015-000007호
전화   031-915-6236
팩스   031-5171-2365
이메일   siso@sisobooks.com

ISBN   979-11-92377-02-5 (03800)